ぼくたちのリメイク

エンドロール

NANAKO KOGURE
小暮 奈々子
（こぐれ・ななこ）
TSURAYUKI ROKUONJI
鹿苑寺 貫之
（ろくおんじ・つらゆき）

SHINO
志野 亜貴
（しの・あき）

MINORI SAIKAWA
斎川 美乃梨
(さいかわ・みのり)

TAKAYOSHI KURODA
九路田 孝美
（くろだ・たかよし）
忍者
EIKO KAWASEGAWA
河瀬川 英子
（かわせがわ・えいこ）
KIROU HIKAWA
火川 元気郎
（ひかわ・げんきろう）

卒業
芸術大学
証書

卒業
Onaka
of Arts

Volume

ぼくたちのリメイク10 エンドロール

Remake our Life!
Let's time-travel to 10 years ago and reenjoy creative and sweet youthful days.

もくじ

Contents

ぼくたちのリメイク10
エンドロール

木緒なち

MF文庫J

口絵・本文イラスト●えれっと

　夢を見ていた。

　何を見ていたのか、具体的には覚えていない。ただ、甘くて優しくて、心地の良いものが、僕の周りを包んでくれていた。その感触だけを覚えていた。

　最近、僕が見た夢といえば、散々なものが多かった。

　灰色だったかつての社会人時代。その頃の体験を戯画化して、さらに醜悪にしたものだったり、空疎で、心細く、言い表せないような孤独感を集約したようなものだったりとか、起きてから寝汗を大量にかいている、酷《ひど》いものばかりだった。

　だけどいつの頃からか、見る夢が次第に明るくなっていた。

　ずっと上空を覆っていた梅雨空のような雲は青空に変わり、全体を占めていた寒色は、暖色へと移り変わっていた。

　僕の心情の何がそうさせたのか、それはわからない。だけど、明らかに日々の生活や様々なことへの思いが、影響していたに違いなかった。

　今日も、そんな夢を見た。ふんわりとした心地のまま、目を覚まして身体《からだ》を起こす。まだ、薄いピンク色のモヤが、目の前を覆っているような感じだった。

頭を軽く振って、傍らに置いてあったペットボトルから、水を喉へと流し込む。乾いた身体《からだ》に水分が補給され、潤っていくのがわかる。

透明なペットボトルの向こう側に、ずっと過ごしてきたシェアハウスの部屋が見える。やり直しになった10年、何もわからないままに芸大進学を選び、偶然にも出会った友人たちと、3年間を過ごしてきた。

ふう、と一息ついて、ペットボトルを置く。そして宙を見上げる。

「こっちの方が、よほど夢みたいだ」

思えば、あり得ないことばかりだった。

何もかもが嫌になって放り投げそうになった10年後の世界から、前触れなく戻ってきた10年前の世界。遠い世界だったクリエイティブの現場。ぶつかりあい、笑い、泣き、そしてすべてがダメになってしまうかと思えた挫折もあった。でも、すべてをひっくるめて、僕は奇跡の中にいた。

「夢じゃ、ないんだよな」

大きな挫折のあと、僕はいくつかの決断をした。

素敵な彼らの未来を、僕が損ねてしまわないように。かつていた世界で見た、キラキラした彼らとまた、出会うために。

「起きよう」

まだ残っている優しい空気を振り払うように、僕は立ち上がる。朝、軽く散歩をしたあとにシャワーを浴びて、完全に目を覚ましてからいろんなことに取り組むのが、最近の日常になっていた。

時計を見ると、10時を回ったところだった。お昼前になれば、常に夜更かし気味のシノアキが、眠そうな目をこすって起きてくるだろう。そうしたら、お昼ごはんを準備して、食べながら今日の仕事の話をしよう。

頭の中でシミュレーションをしつつ、外に出るための準備を済ませた。静かに階段を降りて、玄関のドアを開けると、朝の強い日の光と共に、まだいくぶん冷たい冬の空気が一斉に襲いかかってきた。

「さむっ……」

思わず身震いしながらも、そのまま歩き出す。今日もきっと、充実した1日になるはずだ。いや、そうするのが僕の仕事なのだから。

◇

散歩から帰ってきて、シャワーを浴びて、そして昼ごはんの準備に取りかかって。完全に目が覚めて、今日もこれから、といったところで案の定、

「ふぁぁ……おはよう〰〰」

昼をやや過ぎたあたりで、シノアキが起きてきた。大きなあくびと共にあいさつをして、まだ眠そうな目をパチパチさせていた。

「おはよう。ごはんどうする？　もう準備はできてるけど」

僕がそう聞くと、

「ありがと、食べるよ～。でもその前にシャワー浴びてくるね～」

そう言って、また部屋へ着替えを取りに戻っていった。

僕はその様子にどこか安心感を覚えながら、様々なことを思い起こしていた。そのすべてが、彼女のこれまでとこれからのことだった。

シノアキの仕事のやり方を変えてから、もう3ヶ月が過ぎようとしている。

最初からそんなに上手《うま》くいくわけがないと思っていたけど、徐々に彼女は、クリエイターとしての覚悟を持ち始めていた。

ただ絵を描くことが好きという立場から、絵を描くことを仕事にするという立場へ。

元々、真面目ではあったけれど、その視点の置き所が変わったように感じた。

これまでは僕まかせだった仕事の選択や調査についても、自らネットなどで調べるようになったし、少しずつではあるけど、自分の意見を出すようにもなってきた。

だけどそれは、単なる作り手としての立場から抜け出すものではなかった。プロとして、自身を売り出すための戦略やブランド構築といった点については、まだまだこれからといったところだ。

しかし、今の彼女にそこまでを求めるのは難しいことだ。だから、彼女の脳が過積載にならないよう、食事や体調管理といった部分のケアもするようになった。

「成長の足しになれば……いいかな」

もちろん、あまりやり過ぎると依存に繋《つな》がってしまうのはわかっていたから。

だからこれは期間限定。いずれは終わってしまう、かりそめの団らんだ。

「は～すっきりしたぁ。でもまだシャワーだけだと寒かね」

ほこほこと上気した顔をほころばせて、覚悟の主が風呂場から出てきた。

「まだ冬だもんね。湯冷めしないように気をつけてね」

「うんっ」

にっこりと笑うその様子には、一見したところクリエイターとしての大きな覚悟や、厳しさは見えない。

だけど、実際に仕事の話が始まると、彼女の表情と言葉はガラリと変わる。まっすぐに向き合おうとする姿勢が、しっかりと現れるようになってきた。

「アイオワソフト……あ、こないだ依頼の来た美少女ゲームの会社か。シノアキ、2キャラの原画ってことだけど、どうする？」

目の前で食パンにかじりついているシノアキに尋ねると、

「うーん、社長さんとお話ししてみたけど、なんでわたしに依頼したのか理由がようわからんかったとよ。あと、どういうゲームにしたいかっていうのも見えなかったし」

ほのぼのした声とは裏腹に、手厳しいコメントが出てきた。

「あとグラフィッカーさんも、ちょっと塗りが昔だなって感じやったんよね。わたしの塗った絵と並べると差が出てしまうやろうし、お断りするよ〜」

「うん、わかった。じゃあメールは……どうする？」

「わたしが出すよ〜。直接言った方が失礼にならんやろしね」

そう言って、また勢いよくパンにかじりついた。

シノアキはお断りの返事も、慣れないながら、できるだけ自分で出すようになった。作業が詰まってきてからの連絡を僕が代わることはあっても、大切な連絡は自分でやるようになった。

自分の仕事である、という意識がしっかりと出てきた証拠だろうと思う。

「じゃあ次だけど、月刊萌《も》え少女《しょうじょ》の単品イラスト、こっちはどうする？」

「えっとね、それは担当さんが先月の――」

彼女は、「どうでもいい」とか「まかせる」といった言葉を、あまり使わなくなっていた。必ず何かしらの意見を言うし、その上で僕に何かを聞きたいときには、「わたしはこ

う思うんやけど、恭也《きょうや》くんはどう?」という聞き方をするようになった。

それは、僕がそうしろと言ったことじゃなかった。あくまでも彼女が、自分の判断でそうした方がいいと決めて始めたことだった。

(変わってきているんだな、秋島《あきしま》シノに)

目の前で、彼女が大きくなっていく。

福岡《ふくおか》から出てきた、絵が好きな女の子が、世界レベルの知名度を持つクリエイターへと変わっていく。その様を、僕は今見とどけているんだ。

ファンとして、これほどまでに嬉《うれ》しいことはなかった。

(覚悟を決めて、やると決めてよかった)

今思えば、彼女の仕事をセーブさせ、枠に押し込めようとしたのは本当に愚策だった。斎川《さいかわ》や、シノアキ自身のおかげで、そうならずに済んでよかった。

(あとは、職業人としての意識だけ、だな)

プロとして名前と技術と、そして作品を売っていく自覚。自分が何者であるかを知り、その自分をどう育てていくのか、決めた上で成長していく道作り。

実際のトッププロでも、なかなかできている人は少ないけれど、そこに僕が入ることで、何かしら彼女のためになれると思っている。

シノアキが独り立ちするまで、時間はまだ少し必要だろう。それまでは、僕が彼女の手足や頭となって、最高のサポートができるようにする。

僕は自転車の補助輪のようなものだ。いつかは必ず、外せるようになる。

◇

昼食を食べ終わって、シノアキはいつも通り自分の部屋へと戻っていった。

「今日は集中したいけん、夜ごはんは別に食べるね～」

「わかった、じゃあがんばって」

お互いに手をひらひらと振って、僕も自分の部屋へと戻った。

急にシンと静まりかえった空間。色々なことが頭を巡っている。

PCのある机の前に座り、椅子に揺られながらあれこれ考えるうちに、ずっと懸案にしていることをデスクトップから拾い上げた。

「企画……進めないと」

ミスティック・クロックワーク。かつて訪れた未来で目にした、憧れのソフトメーカーが作ったタイトル。

それが何を意味するのかはともかくとして、僕は自分の考えていた企画に、その名前をつけた。特に強い理由があるわけではなかった。だけど、不思議なくらいにそのタイトルは僕の考えている企画に合った。

キーボードを叩《たた》きながら、企画を少しずつ肉付けしていく。実際、ストーリーをしっかりと構築するには貫之《つらゆき》の力が必要だし、絵も、音楽も、僕の信頼するクリエイターたちがいて初めて成り立つものばかりだ。

でも、その最初のきっかけは、僕が作る。

それはずっと昔から決めていたことだから。

プロデューサーとして、僕にとっての最終的な目標に向けて。

「これをまとめ上げて、チャンスを作って、そして」

みんなを巻き込んだプロジェクトにする。それこそが、僕がこの世界に来てやりたいことだったから。

先日、堀井《ほりい》さんと話したことを思い出す。

元々、ディレクターとして活躍しながら、途中からプロデューサーとなった堀井さんには、聞きたいことが山のようにあった。

「僕に答えられることなんてそんなにないよ」

苦笑する堀井さんを前に、僕は直接的な、シンプルだけど難しい質問を投げかけた。

「すぐれたプロデューサーとは、どういう人なのですか?」

一口にプロデューサーと言っても、いろんな姿がある。内容に大きく口を出す人もいれば、逆にまったく介入しない人もいる。お金、時間、人員、その用意の仕方から何から何まで、職域が不明で混沌《こんとん》としているのが、プロデューサーという仕事だ。

堀井さんも、この問いには少し考え込んでいた。やっと口を開いたかと思うと、

「橋場《はしば》くんは、野球を見る人ですか？」

突然、そんな質問をしてきた。

「ええ、まあ……多少はですけど」

特に応援しているチームがあったわけじゃないけど、采配や育成のおもしろさに定評のあるチームなどは、ニュースやコラムなどを興味深く読むこともあった。

「僕は結構好きでね。試合中の采配からストーブリーグ……つまりシーズン以外の交渉や駆け引き、選手の育成や獲得なんかも含めて、いろんな要素が詰まっていると思って見ているんだ」

なるほど、それでこの話題を持ち出したのか。

「でね。僕の好きな監督さんが言っていたんだけど、『最強のチームっていうのは、監督が試合中にベンチで寝ていても勝つチームだ』っていうのがあってね」

「寝ていても……ですか」

つまり、監督は試合中に采配も何もしないってことか。

「そう。で、これって要は、それだけ選手それぞれの能力と自分で考えて動く力が最大限

に機能しているっていうように取れるんだよね。だから、読み解いてみれば育成や準備がどれだけ大切かってことを示しているんだけど」

堀井《ほりい》さんはそこでいったん言葉を切ると、

「同じことが、プロデューサーにも言えるんじゃないのかな」

そう言って、ニコッと笑ったのだった。

改めて今、僕はその言葉を思い返している。

「プロデューサーが制作で何もしなくても、すぐれた作品のできる環境……」

たしかに、そんなことが可能ならばとても理想的だろう。

やることとしては、お金を集めて人を呼べば、それですべてがまとまることになる。

もちろん、実際はそれで終わりなんてことはないけれど、座組みがすべてを決める、とまで言い切る人もいるぐらいだし、個々の力を高めることは必要不可欠だ。

「間違ってないってことだよな、僕は」

シノアキがこれだけ意識的に動けるようになり、貫之《つらゆき》はプロの作家になり、ナナコも自分で率先して曲を作るようになってきた。ずっと考え続けてきた自主性の点で、やっとそれが望ましい姿になってきたのだと思う。

となれば、あとはその場をどう作るかだ。

「まだ何か、見えているものがあるわけじゃないけど」

そのチャンスがいつ来てもいいように、準備するのが仕事だ。
大学4回生を目前に控えた、春と呼ぶにはまだ少し寒い日。
僕は、これまでにない充実感を覚えていた。

　2009年4月、僕らは揃《そろ》って大芸大《だいげいだい》の最上級生、4回生となった。

　一般の大学における4回生、4年生は、すでにほとんどの単位を取り終え、就職活動も一段落し、最後の休みを楽しむ時期となるのが大半だけど、こと大芸大においては、最上級生最大のイベントが待ち構えているため、心安まらない学生も多い。

「では、これから説明を始めるぞ」

　これまでに様々な上映会を行ってきたホール。そこへひさしぶりに集まった4回生を前にして、加納《かのう》先生は口を開いた。

「君たちも知っている通り、あと1年で4回生は卒業となる。しかし……」

　そこでいったん言葉を切って、いつもやるようにニヤリと笑う。

「もちろん、寝て遊んで卒業させるほど大学は甘くない。そう、一般大学ならば論文を書くところが、うちでは別途必要なものが存在する」

　そう前置きして、先生は黒板に大きく4つの文字を書いた。

『卒業制作』

　大学に入ると、先輩からは散々その言葉を聞くことになる。時には感動の対象として、そして時には怨嗟《えんさ》と苦悩の象徴として。それがついに、僕らの目の前に現れた。

「芸大に来たからには知ってる者も多いだろうが、この卒業制作、作りさえすれば大概のものは通すようにしている。さすがにお気楽なホームビデオを無編集で出してきたら却下するが、最低限何かしらの作品になっていれば、一応、受領はする」

　学生たちの間で笑い声が起こる。

「だが、この卒業制作で作り上げた作品によって、賞を取り、そこから映画界に打って出た大先輩もいれば、3DCGの技術力を見せつけた作品を大手企業に送りつけ、最終的に有名企業数社の内定をもぎ取った猛者も存在する。つまり――わかるな？」

　ピタリと、学生たちの声が止《や》んだ。

「そう、ここでどう動くかによって、君たちの未来は決まる。そう言っても過言じゃないものが、卒業制作なんだ」

　ゴクリと唾を飲み込む音が聞こえたように思えた。

　たしかに、映像学科の卒業制作は、まさに玉石混交と言って差し支えないもので、過去のアーカイブを見てもその様は明らかだった。

　4年間の勉強の成果をここに表し、そしてそれを手に堂々と就職するのか、それとも恥ずかしくて出すことができないのか。

　両者の差を考えれば、先生の言葉もその通りに思えた。

（だけど……）

おそらくこの話には、例外があるはずだった。

僕のそんな思いを見透かすように、先生は続けた。

「まあ、この時点ですでに行く先を見つけている者にとっては、今更卒業制作でジタバタすることもないだろうな」

そういうのは例外だろうが、と重ねつつ、

「該当する奴《やつ》は、迷うことなく自分の今していること、これからすることに専念すればいいだろう。作りさえすれば大概通す、というのは、そういった学生たちへのサポートでもあるんだ」

なるほどな、と思いつつ、実にシビアな話だとも思った。

入学当時、まさにこの加納《かのう》先生から、断言されたことだ。映像学科を出たからといって、なりたい職に就けるわけじゃない。その厳しさは年が経《た》つごとに鮮明になって、4回生になったところで現実のものとなったのだ。

卒業資格には大きな意味がない。

ここで決めていなければ、何者にもなれずに世の中に放り出される。

今、先生はその宣告をしているのだと。

（貫之《つらゆき》、ナナコ、シノアキはまさに例外なんだよな）

チームきたやまの、プラチナ世代3人組はすごいことをしているんだ。

「2年間で作品を作る映画コースの連中はともかく、他のコースについては、まだ迷うところもあるだろう。6月までは作品詳細の提出、変更を認めるから、大いに迷って、考えてから決断するといい。質問は研究室まで。以上だ」

いつも通り、スパッと切れ味のいい言葉で締めると、先生は教室を去っていった。

その後ろ姿を目で追っていると、急にうしろからコツンと頭を小突かれた。

「って、何……あ、火川《ひかわ》か」

振り返ると、丸3年間忍者であり続けた友人が、笑みを浮かべてこちらを見ていた。

「橋場《はしば》、もう決めてるのか？」

「決めてるって、何が」

「企画だよ。最後の卒業制作、またチームきたやまで何かやるんだろ？」

そうか、当然ではあるけれど、僕らもその話をしなければいけないんだった。

(すっかり、仕事のことやシノアキのことで頭がいっぱいだったな)
1、2回生のときはあれほど真剣に考えていたのに、時期と立場が変わるとこうも違うんだなと、他人事《ひとごと》のように感心した。
「あれ？　でも火川って、3回生のときは別チームだったんじゃ」

そう、2回生の実習を終えたあと、火川は別にやりたいことがあると言って、チームきたやまを離れていたのだった。

「たしか映画コースで、アクション映画を撮ってたんだよな？」

僕がそう確認すると、火川は頭をかきながら、

「いやー、それなんだけどさ、ちょっとな」

苦笑すると、横にいた河瀬川《かわせがわ》が肩をすくめて、

「火川の思っていたアクションの方向性と、ちょっと違ったみたいよ。それで映画コースから抜けることにしたみたい」

「え、そうなんだ……」

てっきり、そのまま映画を撮り続けるとばかり思っていただけに、意外だった。

「ま、そこで意地張っても撮影が遅れるだけだしな。だから俺だけ抜けて、あとはあいつらに任せることにしたってわけだ」

これだけ個性派の連中が集まっているんだ。そういう方向性の違いで論争になることも当然のようにある。火川の例は、むしろ穏やかに済んだ方なのかもしれない。

１回生からずっと続いてきた仲良しチームが、映画の方向性でバラバラになる。それがあり得るのが、この学科なんだ。

「橋場は、何か考えていることはあるの？」

河瀬川の問いに、僕はいつもよりは控えめにうなずく。

「あるよ。でも、それがみんなにとって最善なのかまではわからない」

「そんな息の詰まりそうな条件で考えてたら、また大きな悩みの種になって苦しむことになるわよ。気をつけなさい」

たしかにその通りだ。河瀬川《かわせがわ》にはいつも僕のこういうところを見透かされる。

「とりあえず、別の場所に行って話し合おうか。貫之《つらゆき》たちの意見も聞きたいしね」

河瀬川も「そうね」と言って立ち上がった。僕は傍らの貫之たちに声をかけ、食堂へと移動することにした。

教室を出る間際、ふとうしろを振り返った。

思えばこの大教室で、様々なことを教わったし、衝撃を受けることもあった。人がいなくなり、静かになった教室に、急にさみしさが湧き上がってきた。

本当にこれで、最後なのだなと。

◇

第2食堂に集まって早々、僕らチームきたやまのメンバーは、卒業制作について話し合いを始めた。

と言っても、これまでのようにやる気に満ちあふれた、意欲をもって作るという制作ではなく、みんなの活動を妨げないようにしながら考える企画というのは、入口からいきなり門を半分閉められているようで、活発な議論にはなりようがなかった。

「うーん、やっぱ俺はドラマとか作る方に考えがいきがちだけど、みんなはどう思う？」

貫之は腕組みをしながらそう問いかける。

「時間をかけられない分、チャチくならないかが心配だよ。映画コースの連中はその下準備に1年かけてるだけにな！」

火川《ひかわ》は少し前まで実際に関わっていただけに、説得力があった。

「それじゃさ、2回生のときにやったみたいなMVを作るのはどう？　あたし、また曲を作るからさ」

ナナコは自分で動画編集をするようになったからか、意欲を持っているようだった。

「でも、アニメにするにしても動画を作るにしても、手が追いつかんような気がするんよね……美乃梨《みのり》ちゃんも忙しそうだし」

「そ、そうだよね……たしかにイラスト1枚映して終わりじゃダメだもんね」

シノアキの困った顔に、ナナコも一気に意欲を失ったようだった。

たしかに、MVを作るとなれば、アニメーションやイラスト素材を大量に準備しなければならない。以前ならともかく、プロの仕事をどんどん受けるようになっているシノアキに、その労力を割かせるのは厳しい。

「ならあれだ、ナナコが実写で出演するってのはどうだ？　そうしたら素材は作らなくていいし、役者を呼ぶ必要もないしな！」

貫之《つらゆき》のアイデアに、今度はナナコが渋い顔をして、

「それこそハードル高いわよ～。実写のMVなんて、よほどしっかり作らないとカラオケビデオの出来損ないみたいになるのよ？」

「それ言ったら、ドラマだって同じことだろって、ああ、そういうことか……」

貫之も、その矛盾に気づいたようだった。MVの方が、時間が短い分だけ1カット1シーンの負担は大きい。ドラマ制作の大変さと、そう変わらないように思えた。

「う〰〰〰ん……」

全員が長考に入った。

そもそも、この卒業制作は、本気で何かを成してやろう、という目的で作られるものではない。言い方が悪くなるけれど、体裁を整えればいいというものだ。

だけど、1、2回生と本気で作品に取り組んできたみんなにとって、何かを作るということのハードルが、自然と高くなってきていた。かと言って、しっかりと取り組むだけの時間も労力もないし、何より1年間のブランクのせいで、映像作品の制作についての勘が、鈍ってしまっているようだった。

（こうなるなら、3回生のときにもっとしっかり取り組んでもよかったのかも）

3回生の実習において、僕らチームきたやまは、無難な選択をした。

2回生のときに作ったあの動画。その制作風景を僕がカメラに収めていたので、その素材を使ってドキュメンタリーとして再編集し、提出したのだった。

スタッフ全員がおそろしく多忙になったための窮余の策だったけれど、今思えば、もっとみんなの意見を取り入れ、制作に参加させる形でもよかったのかもしれない。

(今言っても仕方ないことなんだけどな……)

これ以上、みんなから手の挙がる様子もなく、それじゃあと僕が案を出そうとしたところで、

「それなら、わたしにも意見があるわ」

サッと、河瀬川《かわせがわ》の手が先に挙がったのだった。

「みんな卒業制作は提出せずに、中退すればいいのよ」

そして間髪入れずに出た意見は、驚くべきものだった。

「ちゅっ……中退!?」

その場にいた全員が驚きの声を上げた。

「そんなに驚くようなこと？　だって、大芸大《だいげいだい》の卒業生なんて、中退してる人の方が大物になってるなんて言われるぐらいよ」

当の本人は涼しい顔をしている。

「いやでも、だからってこの段階で中退を決めるなんてのはさすがによ……」

「決めるなら早いほうがいいじゃない。その方が、かえって今やってることに集中できるし、いいと思わない？」

困惑の表情を浮かべる貫之《つらゆき》を、河瀬川《かわせがわ》はバッサリと切り捨てた。

「ラノベ作家、歌い手、そしてイラストレーター。その分野で生きていこうとしっかり活動を始めていて、しかもすでに結果も出始めている。あとは覚悟を決めるだけだとわたしは思うけど」

貫之、ナナコ、シノアキの顔を順に眺める。

そして彼女はなおも続けた。

「一般の大学なら、卒業と中退には就職活動の際に評価の差が出てくるのも理解できるわ。でも芸大なら、卒業証明よりもスキルの方が大切じゃないかって、ね」

全員が沈黙する。

たしかに河瀬川の言う通りだと、みんな揃《そろ》って理解をしていたからだった。

大芸大《だいげいだい》の卒業生は、業界におけるサバイバル能力に長《た》けている人が多いと聞いたことがある。それはつまり、食べていく術《すべ》を自分で身につけている人が多いということだ。

わかりやすい学閥があればともかくとして、ないならば役に立つのは何よりもスキルだ。イラストを描けます、シナリオが書けます、動画を作れます、作曲できます、それらの言葉は、ときには卒業証書1枚よりも強力な武器になる。

だから、その武器をみんなは磨いてきた。ゆえに河瀬川の言葉にはうなずくほかはないのだけれど、それでもいきなり中退と言われると、決断しにくくなる。

「な、なかなか思い切った話ね……」

ナナコが、予想だにしてなかったという反応を見せると、

「河瀬川はすげえな、大木をぶった切るような潔さがあるよな！」

豪快な火川《ひかわ》ですら、思い切りの良さに驚いた様子だった。

なんせ、みんなこれまで小・中・高ときれいに卒業しているのだ。いきなり大学になって、しかも自らの判断で「辞める」というのは、なかなかにハードルが高い。

「まあ、それもあるかもしれないけどよ……うーん」

貫之はさすがに抵抗が強いようで、腕組みをして考え込んでしまった。

なんせ彼に至っては、休学から復帰までしているのだ。そこまでしてみんなが保ってきた資格をここで手放すというのは、相当な覚悟が必要に思えた。

でもそれは、僕から見ればうらやましい話に映る。

（スキルがあれば、の話だもんな）

制作をメインでやってきた人間は、具体的なスキルがない。

つまり、どういうことなのかというと、

「恭也《きょうや》は、どうするつもりなんだ?」

貫之《つらゆき》が、ふと尋ねてきたことに集約される。

わかりやすい、一言で言い表せるスキルのない人間は、そもそもの選択肢がない。それに加え、ここは芸大だ。出たからといって何かがある学校じゃない。

「僕はまあ、どうとでもなるよ」

笑って、そう流したところ、

「そうだな、恭也は将来の心配はなさそうだ」

「どこの会社でもやっていけそうだもんね、恭也って」

うなずく貫之に、同意するナナコ。

もちろんそれは、僕のことを評価しての反応なのはたしかだ。悪意なんかないのはよくわかっている。

(でも、そういうことなんだよな)

就職、という言葉から遠い世界にいる僕たちには、貫之やナナコのような反応は、時として世界の断絶に繋《つな》がる。

「とりあえずさ、まだ6月まで時間もあることだし、定期的に集まって話をしていくことにしようよ。河瀬川《かわせがわ》の出してくれたことも選択肢に含めつつ、ね」

なんとなく思い詰めてしまいそうだったので、僕はひとまず場を収めることにした。

（将来どうするか、か）

みんながすでに何者かになりかけている今、僕はどこへ行くんだろう。

明確にする時期は、すぐそこに見えてきていた。

◇

「自爆もいいところね、本当に」

ハイボールのジョッキの縁を指でなぞりながら、酔いで顔を真っ赤にした河瀬川はブツブツ愚痴を言い始めた。

みんなとの会合が終わった直後、僕の携帯にショートメールが届いた。

『1時間後、鳥《とり》もと集合』

鳥もと、というのは喜志《きし》駅前にある飲み屋の名前だ。ご主人が元芸大生で、金のない学生のため、安価で焼き鳥を食わせ、ハイボールやビールを浴びるように飲ませてくれる学生の味方……というのはさておき。

これは命令だった。誰からのメールかはすぐにわかった。

で、今僕はそのメールの主の前で、あれこれと発せられる言葉を受けている。

「いや、河瀬川はしっかり考えてるじゃないか。その上で言ったんだから、自爆ってのはちょっと違うと思うな」

「もう！　なんれそんなに……なんでそんなに優しいことばっかり言うの！」

そして、不満げな口調で僕に突っかかってくる。こういう絡みが多くなってくると、河《かわ》瀬《せ》川《がわ》が酔ってきた証拠だ。普段なら言いそうもないことも言ってるし。

（今日はおとなしく家に連れて行けるといいけど）

時々、文句を言って1ミリも動かないときがあるからそれが心配だ。

「スキルはすべて中途半端、知識もせいぜい学生並み。できることと言ったら、多少の進行と事務処理程度。これは芸大にいなくても身につくことだし、わたしの固有スキルってわけでもないわ」

河瀬川は、自分のことを誰よりも冷徹に分析していた。

それは自虐でもなんでもなく、近いポジションにいる僕には痛いほどわかる話だった。

そんな彼女が、スキルがあるなら中退すればいいと発言したのは、たしかに皮肉というか、自分に向けて言った言葉とも受け取れる。

スキルのない人間は、きっちり卒業することぐらいしかできないのだ、と。

「そんなこと……ないよ」

「いいのよ、無理しなくたって。橋《はし》場《ば》ならわかるはずよ。まとめ役、裏方って、結局のところ替えがきく役目だもの。それは自覚してる」

裏方は重要であることには間違いないけど、クリエイティブの中核を成すメンバーと比べれば、明らかにそのポジションは替えがきく。

だから、裏方は使い捨てられてしまう危険性を常にはらんでいる。進行役の人間が、仕事をしながら他の専門的なスキルを身につけ、兼業する流れに向かうのはその防御策なのだと思う。

河瀬川は、そのことに誰よりも早く気づいた。そして、自身が今、その立ち位置にいるだろうことも。

「嫉妬してるんでしょうね、みんなに」

フーッと、ため息をつく。河瀬川は少しの間、顔を天井に向け、そのままゆっくりと言葉を続けた。

「シノアキも貫之《つらゆき》もナナコも、そして火川《ひかわ》もそう。みんな、自分のやりたいことにまっすぐで、そしてその道を見つけようとしてる。なのにわたしは、中途半端にあれもやるこれもやるってのを続けた結果、何も見つけられていない」

河瀬川の表情には、悩んだり、苦しんだりという様子はなかった。どこか爽やかな、穏やかなものにも見えた。

それはつまり、諦観に近いものがあるということを示していた。苦しんでいるうちは、まだどうにかしようと動いているから背中を押したりもできる。でも、抗《あらが》うことをやめた瞬間、他の人間にはどうしようもなくなってしまう。

（貫之《つらゆき》も、そうだったよな）

思い出したくはないけれど、忘れてはいけない過去。僕はあの、別れを切り出したときの貫之の顔を一生忘れることはないだろう。

「そういえば、今日の企画会議、橋場《はしば》の意見を結局聞かなかったわ」

ふと思い出したように、河瀬川《かわせがわ》が僕に向き直る。

「何かまた考えているんでしょう。ねえ、教えなさい」

いつもより多少、絡んできている感はあるけど、まあ純粋に気にもなっていたんだろうと思う。

「僕の意見は……まあ、あの場で言うようなことじゃなかったから、言わなかったってだけだよ」

奇《く》しくも、僕は河瀬川と似た方向の意見だった。

この段階において、僕らはもう卒業制作において特別な行動をとる必要はない。そう思ったから、無難な、あまりにも無難な企画を用意するつもりだった。

彼女にそのことを話して聞かせると、

「なるほどね。それならたしかに言う必要がない」

理解した様子で、彼女はまたお酒を口にする。いくぶん火照った頬《ほお》が、さらに赤みを増していくのがわかる。

「橋場は、進む道を見つけられそうよね」

「うん、まあ……そうだね」

サクシードでのバイトはうまくいっている。茉平《まつひら》さんとの件はあるにせよ、仕事自体は別段滞ったり問題があるわけじゃない。このまま、プロデューサーを目指してがんばっていくルートが見えている。

突出したスキルがあるわけでもなく、替えのきく存在でしかないことには変わりないけれど、それでも今の河瀬川に比べれば、まだ恵まれていると言える。

「こっちはバイトもあまりうまくいってないし、うまくいかないものね、ほんと」

彼女がバイトで入っていた会社は、映像制作を主業務にしているところで、そこで彼女はアシスタントディレクターから、やっと小規模ながらも演出を任されるところまできたと聞いたばかりだった。

問題もあるけれど、彼女のことだからうまくやっているはずだと思っていた。

「上の人と……意見が合わないとか？」

「それもあるし、いろいろ。細かいところまで挙げていったらキリがないわ」

河瀬川は苦笑ぎみに言うと、

「皮肉な話だけど、ミス大芸大《だいげいだい》の仕事の方が充実してるぐらいよ。思ってたよりもずっとプランがしっかりしてるし、同僚も、関わる人にも恵まれてる」

「まあでも、どっちも厳しいよりはマシじゃないかな」

「そうだけど、残酷なものよ」

言いながら、彼女はまたため息をついた。

「仕事って、そういうものなのかもしれないわね。向いているのとやりたいことは違うっていうか、みんなジレンマを抱えてるんでしょうけど」

よく聞くエピソードだ。

だから人によっては、やりたいことは仕事にせず、趣味としてキープしておいて、適性のあることを生業《なりわい》にしている。それはそれで、賢い生き方だ。

「4回生か。みんな、どうなるのかな」

「うん、どうなるんだろうね……」

2人揃《そろ》って、天を仰ぐ。

思えば、僕が時間を超えて大学に入った頃、僕1人がおじさんで、周りはみんな若い人たちばかりだった。そのギャップに苦しみもしたし、おもしろくもあったし、アドバンテージとして活用もできた。

でも、最上級生になり、仕事の現場を経験した今、僕たちの視線は、限りなく近づいているのだとわかった。かつては一緒に飲めなかったお酒と共に。

同じようなものを見て、同じようなことを思う。

それが完全に一致したとき、僕の時間旅行は終わるのかもしれない。

◇

予想通り、河瀬川《かわせがわ》はこの日も大いに酔っぱらった。

僕はグズる彼女を家まで送り届け、いつも通り、安全に鍵をかけるところまで見守る係を担当することになったのだった。

そして翌日はバイトの日だった。出かける時間ギリギリに起きると、身体《からだ》にムチを打って準備をし、シェアハウスからバスと電車を使い大阪《おおさか》市内まで出勤した。

午前中、まだ少し酒の残る頭を振って、デバッグ作業を進める中、チラッと、とある席の方を眺めた。

（……今日も、あまり具合は良くなさそうだな）

２００９年に入ってから、サクシードソフトの開発部に変化があった。

といっても、体制に大きな変化があったわけではない。少なくとも、僕らに知らされている限りは、だけど。

でも、内々というか、上の方では何かあったんだろうなと思わせることがあった。

「あの、パイセンパイセン」

僕の耳元で、竹那珂《たけなか》さんがこそっと小さく話しかけてきた。

「今って、茉平《まつひら》さんに話しかけてもいいでしょうかね……？」

僕は静かに首を横に振って、NOを示す。

「もうちょっとあとの方がいいかな。今、上の呼び出しがあった直後みたいだし」

「そうですか……うーん」

竹那珂さんもしょんぼりした様子でうなずいた。元気とやる気が常にメーターを振り切っている彼女だけに、こういう姿を見るのは悲しい。

僕らの視線の先には、先輩である茉平さんの姿があった。創業社長の息子でありながら、有能かつ温厚な人柄で、僕らも慕っている人だ。

その人が、今年に入ってからずっと、表情のすぐれない日が続いている。もちろん、話しかけるとすぐにいつものにこやかな先輩になるのだけれど、それ以外の時間については、暗くふさぎこんでいる様子や、ため息をついている姿を見ることが多くなった。

わかりやすく、何かがあったのだと思わせる。

「とにかく、今ここでひそひそ話すのもよくないし、昼休憩のときに相談しよう」

「そっすね。ではまたあとで……」

竹那珂さんは、足音を立てずにススススッと去っていった。動きがどこかコミカルで、こういうちょっとどんよりした空気にはいい清涼剤になる。

（何があったんだろうなあ……）

　対照的に、重いオーラをまとったままの先輩を見て、心配は増すばかりだった。

◇

「やっぱおかしいっすよ！　あの爽やかで周りに高原の風が舞ってて装備：みかわしの服って雰囲気の茉平さんが、あんな両肩にオークでも乗っけてるみたいになってるのって、タケナカ、異常としか思えないっす！」

「ちょ、竹那珂さん、もうちょいちっちゃい声で」

　なんとなく社内ではしにくい話になりそうだったので、少し離れたカフェまで出てきて正解だった。注文をした直後から、竹那珂さんのテンションは良くない方へとスイッチが入ったからだ。

「だってだって、パイセンも思いません？　わたしたちにとっての茉平さんって、カッコイイし頼りになるし、それでいて全然偉ぶらないし、まあそれは今も全然変わらないんですけど、もっとその、ドアオープンでバッチコイな感じがあったと思うんですよ！」

「うん、思うよ。ほんとその通りだ」

「だけど今の茉平《まつひら》さんは、いちおうオープンではあるんですけど、なんて言うのかなー、こう、のれんが掛かってるけど半分傾いてるというか、あんま入って欲しくないのかなーっていう空気をこう、感じちゃうんですよ～」

「うん、思うよ。ほんとその通りだ」

「ねーちょっとパイセン！　返しがコピペみたいでやです！　もっとバリエーションつけて返してくださらないと、タケナカすねますよ!!」

それはそれでかわいいから見たい気もするけど。

「ごめんごめん。いや、僕の思ってることを全部竹那珂《たけなか》さんが言ってくれたから、つい」

「そりゃそうっすよ！　だってタケナカの思いは常にパイセンと共にありますから！」

これから明治維新でもやらかそうかってぐらいの心意気だ。

「でも実際、仕事面でもちょっと影響が出てきてるしね」

茉平さんは、現在進めているプロジェクトのリーダーでもあり、僕らもそこに関わっている以上、進捗を報告したり、成果物を見せてチェックをしてもらう関係となっている。だけど、この話しかけにくい状況だと、スムーズな進行が損なわれてしまう。実際、さっきみたいに竹那珂さんが様子を窺《うかが》うようになってしまうと、全体の空気も含めて、コミュニケーションが薄くなりかねない。

それは茉平さんにとっても望ましくない状況のはずなんだけど……。

「近いうちに、聞けそうなら聞いてみることにするよ。何か悩んでいるんですかって」

言うと、竹那珂さんは椅子から飛び上がって、

「ほんとですかっ！　パイセンがそうしてくださると、めっっっっちゃ助かりますっ!!　だってタケナカ、もうかれこれ２ヶ月ぐらいまともに茉平さんと必要以上の会話ができなくてしょんぼりしてるんです！」

「ま、まあ明日すぐとかじゃないから、そこまで期待しないでね！」

僕だって、話しかけにくい現状なのは変わりないわけだし、茉平さんとの間には、他にも近づきがたい理由ができてしまった。

（あれからもう、３ヶ月以上たつのか。早いなあ）

仕事というものへの向き合い方で、僕と茉平さんは、真っ向からぶつかる形となった。僕も譲れない思いだったけれど、茉平さんの考えにもかなり絶対的なものを感じた。普段はどちらかというと柔和さを感じさせる人が、だ。

だから、近いうちにとは言ったものの、それがいつになるのかはまだわからない。幸いなことに、時間というのは様々なものを癒《いや》してくれる作用がある。１ヶ月、２ヶ月の間を置けば、今の印象も少しは和らぐだろう。

（祈るしかなさそうだけど、ね）

これ以上、茉平さんが上から無茶《むちゃ》を言われないことを祈るばかりだ。

「あーっ！　そ、そうだ思い出しました!!」

思案中だった僕に、いきなり竹那珂《たけなか》さんがそんな言葉で割り込んできた。

「え、えっ、どうしたの？　何か茉平《まつひら》さんのことで？」

このタイミングだし、そうなのかと思いきや、

「ごめんなさい、そうじゃないんですけど……今日会社に来たらパイセンに言おう言おうってずーっと思ってたことがあって、で、茉平さんの話ですっかり忘れてたのを今まさに！　バーッと思い出しちゃって！」

大げさに、両手を広げながらオーバーアクションで訴えた。

「で、何のことなの……？」

まったく予想がつかないので、とりあえず聞いてみると、竹那珂さんは、ニヤァ～とした笑みを浮かべて、

「見ましたよ!!　すごいですね、あれ！」

「………え？」

予想外の言葉に、僕は呆然《ぼうぜん》と問い返すことしかできなかった。

「動画ですよ動画！　ナナコ先輩の新作!!!」

これ以上ないぐらいの興奮といった様子で、竹那珂さんは答えた。

「いやーほんっとびっくりしましたよ！　これまでずーっと歌ってみたとかコラボ曲ばか

りだったのに、いきなり予想外のタイミングでオリ曲で、しかもめっちゃすごいメンツ揃《そろ》えてのＭＶでしょ？　タケナカもうＰＣにかじりついてソッコーでＭＰ３にして学校の行き帰りに聴いてますもん！」

「あ、ああ、あれね、なるほど」

やっとその正体を理解し、あれならたしかに竹那珂さんが反応しそうだな、と思った。

ナナコの新作動画。つい３日前にアップされたばかりだった。

竹那珂さんが言うように、動画制作のスタッフに超豪華メンバーを揃えてのオリジナル曲ということで、ニコニコ周辺ではかなり話題になっている様子だった。

「で、タケナカは聞きたかったんです、今日」

「聞きたいこと？」

竹那珂さんは、にじり寄るように僕の方へ顔を近づけると、

「ね！　ね！　あの人たちどうやって集めたんですか？　ていうか、あの内容もすごいですよね、今のニコニコの流れと全然違うことしてて、あれって絶対にパイセンが裏で操ってるんだなって思ったんで、その仕組みを聞きたいなあって!!」

僕はしばらく、竹那珂さんの言葉を聞いていたが、最後まで聞いたところで、

「あ、はははっ、そういうことか！」

やっとこの勘違いに気づいて、思わず笑ってしまった。

「え……？」

キョトンとする竹那珂《たけなか》さんを前に、僕はなおも笑い声を上げた。

「なるほどなあ……いや、そうだよね、ははは」

「ちょ、ちょっとパイセン！　何そんな楽しそうに笑ってるんですか！　タケナカにも教えてくださいよ、パイセーン!!」

◇

結局この日は、帰りの電車も含めて竹那珂さんにずっと「真相を教えろ攻撃」を受けていたが、おもしろかったので僕は何も言わずにそのまま放置して帰ってきた。おかげで身体《からだ》を左右に揺さぶられ続けたせいで、頭がボーッとしている。

（真相を聞いたら、それはそれでまたびっくりしそうだよな）

その反応を楽しみにしつつ、僕はシェアハウスのドアを開けた。

「ただいま～」

その瞬間、

「恭也《きょうや》！　おかえり!!」

竹那珂さんに匹敵、いやそれ以上にテンションの高い女子から、熱烈な感じで出迎えられた。満面の笑みを浮かべたナナコだ。

「ね、ね！　ちょっとこっち来て！　恭也に見せたいものがあるの！」

「え、ちょっとナナコ引っ張らないで、すぐに行くからっ」

「もー、すぐに見て欲しいの、ほら、早く！」

とにかく靴だけでもと、行儀悪く足だけで靴を脱ぎ、そのままナナコの部屋へとなだれ込んだ。

いつものナナコの部屋には変わりなかったけれど、ＰＣの画面には少し懐かしい感じのニコニコのサイトが映し出されていた。

（そっか、この頃はββの頃だ）

インターフェースも、この10年で大きく変わったなと妙に感心していたところ、

「ほら見て！　ランキングのとこ!!」

ナナコの声に、慌ててそこに目を遣《や》ると。

「あ……すごい、1位だ」

ナナコのオリジナル曲のＰＶが、総合ランキングで1位を獲得していた。まさに今日、竹那珂さんが興奮していた動画だ。

「そうなの！　『歌ってみた』で瞬間とか、恭也たちと作った動画で1位を取ったことはあったけど、あたしが考えて作ったものだと初めてだよ！　やばくない？」

あたしが考えて作ったもの。

そう、それこそが、竹那珂《たけなか》さんに内緒にしていたことだった。

「いや、ほんとすごいよ。完全に、ナナコが自分で考えたものだもんね。とんでもないことだと思うよ……！」

ナナコは、安心したように息をつくと、

「正直、すごく不安だったんだ」

フフッと、思い返すようにして笑いながら、

「恭也《きょうや》にさ、今回は完全に1人でやってみなよって言われて、アイデアから人選から、連絡周りまでぜんぶやってみたんだけど、トラブルもあったりして、嫌にもなって」

端から見ていても、ナナコのＭＶは大変そうな座組みだった。

たしかに、このメンバーでものが作れればすごいものになるだろう。中学生の考えた最強のコラボみたいなもので、「実現すれば」すごいだろうねという類のものだった。

連絡しても返信が来ない、意図通りのものが上がってこない、これまでは僕が調整していたことを、すべてナナコは1人でやった。

そして、やり遂げた。

「でもさ、やってみてわかった。1人で考えて準備して作り上げるのって、成功したときの喜びが……すごいんだなって」

嬉《うれ》しそうに、ナナコはそう言って身体《からだ》を震わせた。

彼女にとって、とてもいい経験だったと思う。自らプロデュースし、そして世に作品を出して認められたことで、また一段と、高い領域に足を踏み入れた。

もう、1人ではできないと駄々《だだ》をこねていた彼女はどこにもいない。

「改めておめでとう、ナナコ」

僕はナナコに握手を求める。彼女は「ありがと」と言って、照れくさそうに僕の手を握ると、

「ほんと、夢みたい。人前で歌うことすら苦手だったのに、こんなことまでできるようになるなんて――恭也《きょうや》のおかげだね」

「ううん、僕はほんと、きっかけを作っただけだから」

そう、そうでなくちゃいけないんだ。

元々、彼女は僕がいなくても、N@NA《なな》になることができた子なんだから。僕がいることで、その自立心が損なわれることがあっては、絶対にいけないことだから。

「もう、次に作る曲とか動画も決めてるの。それでね……！」

嬉しそうに、僕に構想を話して聞かせるナナコ。それは「こうした方がいいのかな」という相談ではなく、すでに、決めたことを報告する形になってきていた。

小暮奈々子《こぐれななこ》がN@NAになる日が、もうすぐそこまで来ていた。

◇

「ナナコ、よかったねえ。1位になったんよね。すごかよ～」

画面に向かいながら、シノアキは嬉しそうな口調で言った。

ナナコの喜びの報告があったその日の夜、僕はシノアキと彼女の部屋で打ち合わせをしていた。

今日は、貫之《つらゆき》も自宅で作業していて、ナナコは疲れて早々に寝てしまっていた。シノアキのペンタブの音だけが響く中、僕らは静かに打ち合わせを続ける。

「そのうちに、心配する度合いが減って、自信に繋《つな》がっていくよ。もっとも、ナナコは元々心配性だから、思い悩むクセは抜けないかもね」

「そうやね～。今回もわたしの部屋に来て、シノアキどうしよう～ってうめき声を上げとったもんね」

「そうだったんだ」

「うんうん、しばらく頭をよしよししてしとったら、安心して寝とったけどね～」

なんだその尊い光景。ちょっと見たかったな。

「貫之くんもナナコも、どんどんすごくなっていくんやね」

「うん……」

僕は内心で、シノアキだって、と付け加えていた。

ラノベのイラスト担当が複数舞い込むようになって、シノアキはもはや有名イラストレーターと言ってもいいところまで知名度が上がっていた。

出版社、ゲームメーカーを問わず依頼が来るようになったし、好きなイラストレーターで名前が挙がることも増えてきていた。

そして今日の打ち合わせは、その知名度が上がってきたタイミングでの、とある重要な事柄の決定についてだった。

「名前、どうしようかねえ」

う～ん、とペンをくるくる回しながら、シノアキは考え込んでいる。

これまでは、同人ゲームの制作の際に使っていた、シノという仮ペンネームを、そのまま使い続けていた。だけどこの名前だとエゴサがしにくいし、類似した名前や同一の名前が多く、長く活動するには不便だと言えた。

もちろん、僕はそのあとに続く、彼女の本当のペンネームを知っている。だけどそれは、あくまでも僕が過ごした未来の世界での話だ。

僕ができることと言えば、静かに推移を見守るだけだ。介入することは許されない。

固唾をのんで……とまではいかないけれど、僕は彼女の次の言葉を待っていた。

「シノシノ、ってのはどうやろかね！」

シノアキは、椅子をくるっとこちらに向けると、楽しげにそう言ってきた。

「えっ……？」

出てきたのは、拍子抜けするほどまったく違う方向性の名前だった。

「なんか重なってるとかわいらしいし、２つだったら検索にも引っかかりやすいんじゃないかなって思うんやけど、どうやろ？」

子供みたいに目をキラキラさせながら、僕にジャッジを迫る。

「どうって……ええと」

そりゃ、もちろん違和感しかない。僕はもう１つの名前に、ずっと憧れを持ち続けてきたのだから。

でも、それを僕が言ってしまうのは、知らないフリをして案の１つとして出すのも、やっぱりやってはいけないことだと思ってしまう。

だけど、このままシノシノになってしまってもいいのだろうか。

（うーん……純粋に名前として判断に迷うとこだしなあ……）

腕組みをして考えていると、不意にシノアキが、フフッと笑い出した。

「え、何かあった？」

突然だったので、その理由を図りかねていると、

「ごめんね、ちょっといたずらしちゃったとよ」

「いたずら……？」

「ここで変な名前言ったら、恭也《きょうや》くんがどんな感じになるんかなって、ね」

「ええっ」

じゃ、じゃあさっきの名前は冗談……だったのか？

だまされた。まさかシノアキがそんなことしてくるなんて。

「ひどいよ、すっかりシノシノで頭がいっぱいになってた」

抗議すると、シノアキは子供みたいに笑って、

「ふふっ、ごめんね。ほんとはもう、別のを考えとったんよ」

そう言って、スケッチブックを手に取ると、何枚目かをめくって、それを僕の方へと向けた。

「あっ……」

言葉を一瞬失った。呼吸も、できなかった。

「これにしようと思うんやけど……どうかな？」

そこには、シノアキが絵を描き始めたときから、そして志野亜貴《しのあき》という名前を得てからずっと、決まっていたかのような、あの名前が示されていた。

秋島《あきしま》シノ。

ずっとあこがれて、追いかけてきた名前が、そこにあった。

「ちゃんと活動しようかなって思ったら、名字もあった方がいいかな～って思ったとやけど、どうかな？　もっと柔らかい方がいいかな？」

シノアキの声も、遠くから聞こえているようだった。

ついに来たんだ、と思った。

なけなしのお金で買った画集で、街中の広告で、ゲームのエンディングで、ラノベの表紙で、僕はその名前を、何度も見た。勇気づけられもしたし、永遠に届かない存在のようにも思っていた。

その本人が、この名前をつけた。言うことなんか何もなかった。

だけど、今は返事を求められている。感無量であったとしても、僕は反応をしなくちゃいけないときだ。

「シノアキ」

「ん～？」

がんばって、息を吸った。そして、

「いい……名前だと思うよ。うん、いい名前だ」

様々な思いと共に、そう答えた。

「ありがとう～。じゃあ、この名前にするね」

秋島《あきしま》シノと書かれたスケッチブックを手に、シノアキはいつも通り柔らかく笑った。

僕はあこがれのイラストレーターの誕生と、そしておそらくは近づいているだろう、彼女の旅立ちを予感して、胸の奥を熱くさせていた。

◇

シノアキとの打ち合わせを終えて、部屋に戻ってからも、僕はなかなか寝付くことができなかった。何度か寝返りを打ち、目を閉じても、今日あったことに心の中がざわめいて仕方がなかった。

結局朝までウトウトすることもできないまま、あくびをかみ殺して翌日のバイトに出かける羽目になってしまった。

南大阪《みなみおおさか》線の電車内、暖かい座席が眠気を増幅させる。

「ふぁあ……ねむいな」

どこかで、軽く仮眠でもとった方がよさそうだ。

幸いにして、バイトの開始まではまだかなり余裕があった。天王寺《てんのうじ》で漫喫にでも入って、軽く2時間ほど寝るのもいいかな……と考えながら、ふと周りを見渡したところで、

「あれ？」

明らかに見覚えのある顔に、視線を集中させることになってしまった。

「えっ、橋場《はしば》先輩？」

斎川《さいかわ》だった。

よほど僕がジッと見てしまっていたのか、向こうもすぐこちらに気づいた。車内が空《す》いていたこともあって、彼女はこちらへ近寄ってきて僕の隣へと座った。

「バイトに行く途中ですか？」

「うん、そうだけど。斎川は何の用事？」

質問で返したところ、

「これからミリオンソフトの仕事なんです。ヘルプで描いて欲しいって」

「へえ、あそこの。すごいじゃないか」

ミリオンソフトは、コンシューマー向けの大手ゲームメーカーだ。10年後はサクシードに業績で追い抜かれているが、この頃は余裕で上回っていたはずだ。

そんな会社からの依頼となると、ヘルプとはいえ作業のカロリーは高そうだ。

(九路田《くろだ》の企画との両立が大変そうだな)

そう思った瞬間、彼女の方からその話が出た。

「今、アニメの方が止まってるので、おかげでヒマにならずに済みそうです」

「あれ、そうなの？」

九路田《くろだ》と直接話す機会もなかったし、どうなってるんだろうと気になっていたけど。

「なので、依頼があったときすぐに九路田さんに連絡したんですけど、それはいい機会だから、こっちのことは気にせず受けた方がいい、って」

「へえ、九路田が……」

ちょっと意外だった。

たしかに九路田とは、斎川《さいかわ》の成長を込みでスタッフに組み入れてもらっていた事情はある。だけど当然ながら、彼の制作現場において、最優先されるべきは作品だ。

その現場で、彼が斎川の個人活動を優先させたというのは、何らかの事情があったに違いない。制作で手詰まりになることが発生しているのか、それとも。

「わたしは事情をよく知らないので、じゃあ行ってきますって答えました！」

まあ、彼女の立場ならそれで全然いいと思う。

九路田のことは若干気がかりだけど、僕に輪をかけて誰かに相談なんてしないだろうし、こちらから出しゃばる必要もない。

（必要があれば、向こうから何か言ってくるだろう）

なので、特に深く聞くこともしなかった。

「そうそう、それでちょっと決めなきゃいけないことがあって」

斎川は思い出したように膝を叩《たた》くと、

「ペンネーム、そろそろ決めた方がいいんじゃないかって」

「あ……そっか、本名だったもんね、斎川《さいかわ》」

以前の動画課題のときもそうだったけど、斎川は自分のペンネームというものを持っていなかった。

「そうなんです。それで九路田《くろだ》さんからも、メーカーさんからも言われてて。それで何にしようかな～って考え中なんですよ」

斎川の言葉に「なるほどね」とうなずきつつ、内心はちょっとドキドキしていた。

僕は彼女のペンネームを知っている。正確には、今と違った未来でのものだけど、貫之《つらゆき》の例もあるし、この世界でも付けられる可能性はある。

でも、シノアキのときと同様に、僕から言うわけにもいかない。だから、特にそれ以上の反応はしなかったのだけど、

「アキさんも名前変えたんですよね、秋島《あきしま》シノって」

「う、うん。何で聞いたの？」

「こないだ電話で。とってもいいですね！　って話をしました。わかりやすいですし、響きもいいですし、それに……」

斎川は続けて、

「名前と名字をひっくり返したのもわかりやすいなって」

僕は思わず声を上げた。

「あ……っ」

「わたしも同じルールにしようかなって思ってます。アキさんのファンですし！」

斎川美乃梨《みのり》と御法彩花《みのりあやか》。一部の読みは異なるけど、ほぼシノアキと同じ命名ルールだ。

シノアキが一時描くことをやめてしまった未来では、秋島シノという名前は世の中に生まれていなかったはずで、だから、このタイミングで『御法彩花』を示唆する言葉が斎川から出てきたのは、興味深い話だった。

世の中がどういう原理で作られていて、この、時間や因果の絡まった世界がどう収束しているのか、僕はわからないけれど。

（案外、最初から決まっているところに戻ってくるようにできてるのかもなあ）

秋島シノに続き、もう１人の神絵師がここに生まれようとしていた。

◇

結局、その日は仮眠には失敗した。漫喫に入って個室を取り、目を閉じてシートに寝そべったのだけど、一睡もすることができなかった。

理由はもちろん明らかだった。過去と未来を繋《つな》ぐ様々なことが、立て続けに起こってまったく落ち着かなかったからだ。

(おかげで、会社でも居眠りせずに済んだけど)

どこか、心ここにあらずという感じだったに違いない。受け答えや業務については問題なくできていたけれど、何かアイデアを出す系の業務がもしあったら、何の役にも立たなかっただろうなと思う。

バイトを終え、竹那珂《たけなか》さんとのにぎやかな会話を経て、1人でシェアハウスまで帰ってきたところで、急に眠気と疲れが襲いかかってきた。

バスを降りてからの記憶が不鮮明だった。車道に飛び出したりしたら大事なので、時々ほっぺたを叩《たた》きながら、目を覚ましつつ歩いた。

思ったよりずっと、眠気がきているようだった。

玄関のドアを開け、誰もいない居間に入る。

今日はナナコも貫之《つらゆき》もいないし、シノアキも深夜まで作業するという話だった。

「ちょっと、仮眠しようかな……」

時計は午後7時を回ったところだった。軽く寝ても、深夜には起きられそうだ。

僕は階段を上がって部屋のドアを開けると、文字通り倒れ込むようにして布団の上へと突っ伏した。瞬く間に、眠気が視界を包み込んだ。

その日の夢は、とても鮮明だった。

未来の夢だった。手元にはスマホがあり、僕は雑居ビルの中にある小さな開発室で、数人の仲間と共に会話をし、そして作業をしていた。

あのつらかった日々の夢だ。灰色の、といつも表現する、二度と戻りたいと思わない、かつていた2016年の未来。

またやってきたのかという思いだった。ここ最近、夢といえば暖かで柔らかくて、ホッとするものが多かったのに。ここにきてまた、夢に苦しめられるのかと。頭の中のどこかで、目の前に広がる未来を払いのけたい気持ちが起き上がった。

だけど。

不思議な感覚が、僕のそんなネガティブな気持ちを溶かしていた。

(あ、あれ……?)

疑問だった。だって、いつもならば、あの頃の、未来の夢を見るときは、苦しくてつらくて、すぐにでも目を覚ましたいと思うはずなのに。

それなのに、今僕の目の前に広がっている世界は。

(どうして、こんなに心地いいんだろう)

汚くて散らかっていて、今日も明日も難題が迫ってくる開発室。

末期の頃は、足を踏み入れただけで憂鬱になっていた場所。

だけど、今見ている夢は、そんな現実が迫る中において、みんなでなんとかしようと苦笑交じりに解決策を考えている、そんな光景だった。

思い出した。これは夢だから美化されているんじゃない。たしかに、こんな頃もあったんだ。開発がまだ序盤の頃、みんなで社長に文句を言いながら、それでもなんとか作品を作ろうとしていた、未来の先を望んでいた頃が。

(そうだよ、あの頃は……みんなまだ、目に光があった)

次々と断られる原画スタッフを、手分けして探した日。体験版の段階で出てきた致命的なエラーを、プログラマーではない他スタッフが、総当たりで解決法を見つけた日。お金も何もない中、みんなで少しずつ出し合って作った鍋料理の味。

いずれ、それらは灰色の闇の中に溶け落ちていくのだけれど、それでも、たしかに試行錯誤をくり返していたあの頃は、間違いなく、

(楽しかった、よな)

夢は、みんなで笑い合って、さあ休憩も終わりだ、作業に戻ろうと、僕が声をかけたところで、終わりになった。

「…………」

目を覚ました。信じられない思いでいっぱいだった。

いつもかいていた寝汗も、そして不快感もなかった。だけど、心地良い寝起きだったことが、逆に僕の中の不安感を生み出していた。

「初めてだ、こんなこと」

最近になって見続けていた、ぼんやりと気持ちのいい夢の数々。

ついにそれが、具体的な内容をもって僕の中に現れた。

こんな気持ちで、あの頃を振り返ることなんか、絶対にないって思っていたのに。何よりも、あの頃の思い出で楽しかったことなんて、なかったって思っていたのに。

でもそれは、僕が記憶の奥底にしまいこんでいただけで、実はずっとあり続けたものだったんだ。

なぜそれが、今このタイミングで、思い出されたんだろう。夢は見る内容を選べない。だけど、無意識の中にある今現在の心理状態が、その内容に反映されることはよくある話であって。

だからつまり、僕の中に何かしらの変化があった、のかもしれない。

「……関係、あるのかな」

シノアキ、ナナコ、そして斎川《さいかわ》。3人の著しい成長を目の当たりにし、少しずつ、僕が知っている輝かしい未来へと近づいている。

プラチナ世代が、くっきりとその姿を現し始めている。

その、2つの世界が一致していく感覚が、元々いた僕の世界を思い起こさせたのだとしたら、まったく関係がないとは思えなかった。

「いや、でも」

頭をかき、息を整える。

「やっと、ここまで来たんだよな」

嬉《うれ》しかった。晴れやかな気持ちでいっぱいだった。

僕の傲慢な甘さで失敗しかけた過去から、やっと本来の道へ戻せた。それは喜ばしいことなんだから。

でも、それだけでは言い表せない何かがあることに、僕は徐々に気づきだしていた。

その答えは、まだ見つけられそうもなかった。

卒業制作の内容を決める期限まで、あと１ヶ月となった。だけど僕らは相変わらず、まだそのコンセプト決めの段階で留《とど》まっていた。

「ひとまず、これでアイデアは出そろった……かな？」

シェアハウスの居間に揃《そろ》った、チームきたやまの仲間たち。その顔ぶれは変わらないけれど、立場はこの１年で大きく変わった。

わかりやすく言えば、プロの舞台に立ったものと、まだそこに至っていないものに分かれた形だ。

貫之《つらゆき》、シノアキ、ナナコは前者で、僕と河瀬川《かわせがわ》、火川《ひかわ》については後者となる。

もちろん、後者の３人もプロの現場を経験している。だけど、本人の技量不足だったり環境の不一致だったりで、しっかりとその場に立っているかと言われたら、揃って否定するに違いなかった。

そして、この卒業制作のアイデア出しの場面においても、その立場の差が大きく出る形となった。

「貫之はショートストーリーのドラマ、ナナコは静止画を使ってのＭＶ、シノアキはモノクロのアニメーション、以上だね」

以前の会議とほぼ変わらない内容だった。別に手を抜いているわけでもなく、今の彼らにとっては、取り組んでいる領域を試したい、ということなのだろう。いずれの案にしても、自分が主導で作れるものへと変化していた。

「で、河瀬川《かわせがわ》は全編ビデオ撮りのドキュメンタリーで、火川《ひかわ》は特になし、僕は観光案内のプロモーションビデオ」

すでにアクション系の撮影プロダクションに入る意思を持っている火川は別として、僕と河瀬川は、これまで作ってきたものと比べると、現実的な企画案だった。撮影コストの少ない、手間のかからない、作品そのものの出来よりも制作面の負担を考えたものだ。

（きれいに分かれた形だな）

スムーズに制作に移れるという点で言えば、僕や河瀬川の案は明確に優位だ。それこそ1週間もあれば、スケジュールや撮影準備なども整えられるだろうし、夏が終わるまでに仮編集まで終えることも可能だろう。全員で一致した目的が特にあるわけでもなく、あえて言えば『卒業単位』が目的だとするのならば、自信を持って最適解と主張することも可能だと思われた。

だけど、僕らの案には大きな欠点がある。

（おもしろくは……ないよな）

　これまで作ってきた作品との大きな違い。シンプルに、作っていておもしろいかどうかという点で、著しく劣っていた。

　これはジャンルの問題ではない。ドキュメンタリーやプロモビデオにも傑作、佳作はある。しかし、僕らはそのジャンルを、どちらかというと消極的に選んでいる。そのような状況から、良いものが生まれないことを僕らは過去の事例で散々学んだはずだ。

「……自分で出しておいて言うのもなんだけど、どういうモチベーションで臨めばいいのか、今回はわからないわ」

　河瀬川がため息と共に吐露した。

　みんなも同じ意見だったのか、少々重い空気が漂う。貫之《つらゆき》たちにしたって、どうしてもこれがやりたい！　という思い入れで出した案ではなさそうであり、それがわかっているからこそ、河瀬川の言葉に反発できなかったのだろう。

　こうやって袋小路へと入り込んでいくと、河瀬川が前回言った、すべてをぶった切る案が魅力的に思えてきてしまう。

（中退という判断も……あり得るんだよな）

　とりあえず卒業しておくことが、悪いことだとは思わない。むしろ高い学費を払って入学させてもらっている立場からすれば、やむを得ない事情を除いて、その判断は最後の最後に下すべきことだろう。

だけど、目的が定まっていない中で「なんとなく」卒業をしたとき、僕らはその先にどんな未来を見ることができるんだろうか。それは、積極的に中退を選んだときと比べて、どちらが将来に良い影響を与えるんだろうか。

「なあ、これって」

貫之《つらゆき》が重い口を開いた。

「今からチームの編成を変えることもできるんだよな？」

「うん、変更は可能だよ。それも込みで6月の〆《しめ》だって話だった」

制作内容を決めることと座組みを決めることは、同じぐらい重要な話だ。先生ももちろんそれを理解しているので、同一のタイミングで〆切が設けられていた。

「だったら、それぞれ個人で何か作る、ってのもアリなんじゃないか？」

貫之の言葉に、全員が息をのんだ。

「チームを解散させる、ってこと？」

ナナコの問いに、貫之はうなずいた。

「ああ。そういうのも含めて考えてもいいんじゃないか、ってことだ」

シノアキも、小さくうなずきながら、

「そうやね、わたしもモノクロのアニメーションなら1人で作れるし」

卒業制作において、時間の制限はかなり緩く設けられていた。きちんとしたコンセプトがあるならば、個人制作のレベルでも卒業制作は充分に可能だった。

「ま、それぞれ個人的に手伝ったりはできるわけだし、チームで1作品にこだわらなくてもいいってのは盲点だったよなあ」

火川《ひかわ》も納得している様子だった。

全体的に「それもアリだな」という空気が出てきた。

難しい判断になるけれど、こういう案が出てきたことは、自然な流れでもあった。僕らは無理をしてチームである必要はない。元々、作りたいものがあってできあがったチームだ。その作りたいものがないのならば、チームの存在意義もなくなる。

だけど、本当にそれでいいのだろうか。合理性だけを考えて、ここまで形を変えながらも続けてきたチームを、なくしてしまっていいのだろうか。

◇

企画会議が終わって解散となり、外も暗くなってきたので、僕は河瀬川《かわせがわ》を車で送ることにした。

彼女はずっと黙ったままだったけれど、助手席に乗り、車が走り出したのを見計らったように、口を開いた。

「迷ってるの？」

相変わらず率直だった。

2人だけになるのを待っていてくれたのだろう。あまりみんなに聞かせて気持ちのいい話でもなかったから、気遣いがありがたかった。

「うん、正直迷ってた」

僕はさっきの会議において、結論を先送りにした。

チームは存続、改めて次の会議までに企画案を考えること——。

その決定自体は別に問題ではないけれど、理由なくそう決めたことについては、逃げと言われても仕方のないことだった。

（仕方のないこと、か……）

あれだけ否定してきたことを、今僕はやろうとしている。会議ではそれっぽいことを言ってまとめたけれど、みんなはきっと気づいていたはずだ。

この決定には中身がない、ということを。

「ごめん、見ていてイライラしたよね、きっと」

河瀬川《かわせがわ》が気づいていないわけがなかった。だから、真っ先に言ってくれたんだろう。

「謝らないで。わたしだって、これからどうするか決めかねてるのに。貴方《あなた》にあれこれと文句を言えるような立場じゃないわ」

「だったら、どうして？」

僕は忠告だと受け取ったのだけど、そうではないみたいだ。

「抱え込むなら、１人より２人の方がいいでしょ。そう言ったじゃない、前にも」

少し照れながら、河瀬川はそう答えた。

「ほんと、すぐに忘れるんだから……」

「ご、ごめん、その通りだ」

河瀬川に頼って、助けてもらって。それで何度も綱渡りに成功してきたのに。ここに来て、僕はまた１人で迷っている。

だけど、以前とは変わったことがあった。月日と共に経験を得た上で、こうしていこうと思ったことだった。

「思うんだよ」

河瀬川の家の近くに車を停《と》めた。だけど、彼女は降りる気配がなかった。

「僕だって、いつまでも君に頼るわけにもいかない。自分で考えて行動して、そうしなければ成長できないから――」

中身が28歳だった僕も、ようやく外見の年齢が追いつこうとしている。その状況に合わせるためには、頼る部分を減らしていかなければならない。

「君に何も相談しなかったのは悪かった。でも、そうしなきゃいけない時期でもあると思ることには、意味があると思っていたから。

その結果が、迷いに迷っての現状維持なのはお笑いだけれど、それでも、自分で行動するんだ」

「そう……」

河瀬川《かわせがわ》は静かにうなずいた。

彼女には失礼だけど、僕はあのときを思い出していた。未来の世界、何もかもを自分のせいだと抱え込んだとき、叱咤激励《しったげきれい》してくれたときのことだ。

散々叩《たた》かれて痛かったけど、あんなに嬉《うれ》しいことはなかった。ひょっとしたら、またそうされるのかもと、一瞬だけ思った。

だけど、今ここにいる彼女は、

「……そうよね」

自分の言った言葉を、確かめるようにくり返しただけだった。

「橋場《はしば》だっていつかはいなくなるんだものね」

口調はいつもと同じだったけれど、僕には少し、さみしそうに聞こえた。

「なんか、僕が死んだりどこかへ行ってしまうような言い方じゃないか」

「可能性はあるわよ。永遠なんてどこにもないんだから。あるとすればフィクションの世界ぐらいなものよ」

どこかで聞いたような台詞《せりふ》を、彼女は自分に言い聞かせるように言った。

まだ、彼女は車から出ようとはしなかった。しばらく無言の時間を過ごしたあと、河瀬川はフッと息をついて、車のドアを開けた。

そして、真っ暗になった空を見て、

「卒業だものね、わたしたちも」

誰に言うでもなく、そうつぶやいた。

どこかで見たくないと思っていたことなのかもしれない。でもそのときは、すぐそこまで近づいている。

フィナーレの演出は、静かなフェードアウトになるのか。それとも、華々しくにぎやかなものになるのか。

すぐそこに迫った選択を前にして、僕はまだ迷っていた。

◇

卒業制作、いや、チームや僕のあり方について悩みが深まる中、バイト先の悩みについては、少しだけ進展が見られた。

茉平《まつひら》さんとようやく会話ができたのだ。

「ごめん、心配させてしまったみたいだね」

負担になってはいけないと、「最近お疲れじゃないですか?」ぐらいのトーンで、おそるおそる声をかけた。そうしたら、拍子抜けするぐらいに爽やかな笑顔で返されてしまった。まるで、僕からこの質問が来るとわかっていたかのように。

「あ、いえいえ! 僕もそうですけど、竹那珂《たけなか》さんも心配してたので」

彼女の名前も使わせてもらった。まあ、心配していたのはたしかなので問題はないと思うけど。

「今進めている開発のことで、ちょっと上とやり合っててね。あんまりみんなに話すことでもないから、1人で考えることが多かったんだ」

「そうだったんですね……」

いつも通りの爽やかな口調だけれど、きっと悩みは深かったんだろうなと思う。

最近の茉平《まつひら》さんは、会社に出てくる頻度も減ってきていた。元々、バイトというには勤務日数も業務内容もかけ離れたものだったのだけど、それが今は、バイトとしてふさわしいぐらいの勤務シフトになっていた。

「まだ、決まっていないことも多いから話せないんだけど……そうだ、橋場《はしば》くんは来週以降でちょっと時間あるかな?」

「はい、たぶん問題ないと思いますが……」

特に大きな予定もなかったので、そう答えると、

「じゃ、ちょっと話したいことがあるから、時間をくれないかな」

すぐに、年始にあった2人の会話を思い出した。

あのことについて、また何かの話があるんだろうか。仮にされたとしても、僕の方針は変わりようがない。

(どういう、つもりなんだろう)

あのときの話から、僕がそうやすやすと心変わりするはずがないのは、茉平さん自身もわかっているはずだった。

それなのにあえて話があるということは、何か別の大きなことがあってのことだろうか。今、聞きたい気持ちもあったけれど、ここで話せるなら話してしまうだろうし、きっと内密にしておきたいことだと判断した。

「わかりました、お願いします」

「うん、よろしくね」

茉平さんは、最初に会ったときと変わることのない、やっぱり爽やかな笑顔でそう言った。その奥で、彼が何を思っているのかは僕にはわからない。ひょっとしたら、「話したいこと」にそれが含まれているのかもしれないけれど。

(ちゃんと聞かないことには、何もわからないいな)

結局この日も、これ以上は踏み込んだ話はできなかった。滞りがちだった業務連絡をして、竹那珂《たけなか》さんのチェック攻撃を受け止めている様子を眺めるだけで終わった。普段通りの姿にしか見えなかったけど、僕はそれが、まだ不完全に思えて仕方がなかった。

今はただ、茉平《まつひら》さんが心から笑ってくれる日が来ることを願うだけだった。

◇

その日のランチの時間、例によって会社から少し離れたカフェに、僕は竹那珂さんと2人で来ていた。

そして彼女に、茉平さんについての経過報告をしたのだけれど、

「そうですか……ちょっと、心配ですね。茉平さん」

いつものにぎやかな感じではなく、シュンとした感じで反応をされ、僕の方が戸惑う形となった。

「なんか、思ってた反応と違うね」

率直に言ってみると、

「もー、パイセンって絶対にわたしのこと常時マックス放電のイカレた奴《やつ》だと思ってるでしょ！　これでも少しはＴＰＯとか考えてるんですからね！」

頬《ほお》を膨らませてたいそう不満そうな顔をした。あわてて、「ごめんごめん」と謝る。

おそらくは、僕のテンションの低さを察して、茉平さんの状況を案じてくれたのだと思う。彼女はそういう、心の機微をとらえるのに長《た》けている。

「会社、どうなっちゃうんでしょうね、パイセン」

「そうだなあ、茉平さんが順調なら、このままいつか社長を継いだんだろうけど」

茉平さんが社長一族の人であることは、すでに本人の口から、竹那珂さんにも告げられていた。「橋場《はしば》くんにも話したんだし、教えないのは不公平だからね」とのことだったけど、つくづく律儀だなあと思う。

「でも、上層部とケンカしてますもんね」

「それも結構やり合ってるみたいだし……ね」

２人同時に、ハァとため息をつく。

去年、制作スケジュールのことで上層部と対立して以来、茉平さんの立場はおそらく危ういのではと想像できる。

社長の身内だからといって特別扱いしないのは、組織としてきちんとしていると言えるけれど、とはいえ茉平さん本人や、進めている企画については決して良い状況ではないはずだ。

僕らは、立ち位置としては茉平さんと近いところにいる。チームも同じだし、今後、サクシードで何かしていこうというときに、彼の進退が影響するのは間違いないだろう。

(応援できることならしたいけれど……)

根本的な思想に違《たが》える部分がある以上、それも限定的になってしまいそうだ。

色々なことを無言のまま考えていると、

「あの、すみませんっ」

ふと、竹那珂《たけなか》さんが急に声を上げた。

「パイセンはその、将来のことって、めっちゃ考えてる人ですか?」

「え、ま、まあ」

将来をどうするか、決めているかと言われればそうでもないけれど、どうしたいのかを考えることはずっとやっていることだった。

「就職……しようって気はありませんか?」

「うん、いつかはすると思うけど、いきなりどうしたの?」

いったい、何の話だろう。

竹那珂さんの学年からして、まだ就職活動には早すぎる。もっとも、準備の早い学生は2回生ぐらいから卒業生訪問をしてるというから、していてもおかしいということはないけれど、彼女の口からこういう話が出ること自体初めてなので、急に話題にされたことには違和感があった。

（就職、ってまさか……）

一瞬、あまりにアホらしい想像が浮かんでしまった。永久就職的な話だったらどうしようという、隠しきれないおじさん思考だ。

いやでも、以前にちょっとそういう兆しがあったというか、そもそも竹那珂さんもめっちゃかわいらしい子だし、仮に迫られたら僕はどうしたらいいのかと。

などというどうしようもない連想を打ち破るように、竹那珂さんは言葉を続けた。

「あの、パイセンには黙ってて申し訳なかったんですけど、タケナカもその、とある会社の一族なんです」

「会社の、ってまさか」

さっきの茉平《まつひら》さんの話からすれば、答えはひとつしかない。

竹那珂さんは控えめにうなずくと、

「はい、お父さんが社長……です」

「ええっ、そうなの⁉」

思わず、ちょっと大きな声が出てしまって、あわてて自分の口をふさいだ。

しかし、こうも都合良く社長の息子や娘が出てくるものなのかな……と思った次の瞬間、自分の内で深く納得してしまった。

（芸大自体、そもそもそういうところではあるか）

芸術という、お金になるかどうかわからないものを勉強するために、安くない学費を払って入学させるわけで、それは当然のように、一定以上の生活レベルがなければ無理な話となる。

橋場《はしば》家においても、父が上場企業の部長職についている。当然、世帯収入はそれなりにあるので、学費の問題は特にないまま、すんなりと入学を許可された。

だけどそれがそもそも、『異常』なんだ。

竹那珂《たけなか》さんにしたって、小さい頃から音楽も絵も習っていたと聞いていたし、それが可能な家庭、と思えばある程度の推測はできたはずだった。

「それで、お父さんの会社なんですけど、ゲームのローカライズを主にやっているメーカーなんです」

「サクシードと近い業種だったんだ」

これが完全にメーカー同士だと色々とややこしそうだけど、ローカライズ、つまりは翻訳・移植作業がメインならばそこまで表だった問題もないだろう。

「はい、それでタケナカもいつかは、会社に関わるのかなって話なんですけど」

そこでいったん言葉を切って、息を大きく吸うと、

「パイセン、アメリカに行ってゲームを作りませんか！」

「い、いきなりすぎないかな、それは！」

突然の流れにびっくりしてしまった。

「ご、ごめんなさいっ。タケナカその、どこで話をまとめればいいかって思って、えーと、じゃあどこから説明しようかな……」

竹那珂さんは、あれだっけこれだっけと脳内の整理を行ったあとで、改めて僕に説明をしてくれた。

彼女のお父さんの会社はローカライズをメインの業務にしているメーカーなのだけれど、アメリカにいるスタッフを中心に、今後はオリジナルのゲームを作りたいという意向を持っているとのことだった。

「それで、僕や竹那珂さんはどうか、ってことなのか」

彼女はコクンコクンとうなずいて、

「あ、でもでも、今すぐここで返事聞いたら即ってことなんかじゃ全然なくて、サクシードのバイトでちゃんと成果を出して、その上でってことなんですけどねっ」

「なるほど、無条件でってことじゃないんだね」

「ですです、ちょっと先走っちゃいましたけど、意思というか展望というか、そういうとこを伺いたかったんです～」

彼女の父は結構その点について厳しいらしく、卒業までに何かしっかりと成果物として出せるぐらいに関わった作品を出すこと、というのが最低条件らしい。

（今のプロジェクトがそのまま成功すれば、なんとかなるんだけどな……）

茉平《まつひら》さんの企画において、彼女はしっかりクレジットされるぐらいの活躍はしているものの、まだ作品が世に出たわけではない。

だから、まずはその完成をもって、その上での展望、ということなのだろう。

（アメリカか、行ってみたかったんだよな）

元々、海外には興味があった。すでに海外産のゲームが日本産のゲーム以上のブームになることもめずらしくなかったし、２０１６年の世界を考えれば、このタイミングで海外に行けるのは願ってもない話だった。

だけど、

「……まあ、さすがに無謀かな、その話は」

今はまだ、サクシードでどうするかも決められていない状況だし、何よりまだ勉強しなければいけないことも多い。充分に戦力にもならない状況で、勢いのままにアメリカへ行ったとしても、しっかりとした成果は出せそうにない。

「ですよね〜。大阪《おおさか》から東京《とうきょう》に出るってだけでも大変なのに、アメリカですもんね」

竹那珂《たけなか》さんも予想していた反応だったみたいで、うなずきながら苦笑していた。

「でも、タケナカは今後、海外って絶対にアツいと思うんですよ！」

彼女は、ずいっと身を乗り出すようにして、

「オリジナルの作品もめちゃ増えましたし、メーカーも大きくなりましたし、何より作り手がめちゃモチベ高いんですよね！　なのでパイセンも、向こうでゲーム作りたいな〜ってなったら、すぐに声かけてください！」

「う、うんっ、そのときはぜひ……」

いつもの彼女の勢いにたじろぎながらも、考えさせられることの多い話だった。

これまでは、ずっとプラチナ世代のみんな、つまりはシノアキ、ナナコ、貫之《つらゆき》を中心にして、ものづくりを考えていた。

だけど、サクシードでバイトをするようになったぐらいから、みんなとは別に、僕自身がどうするのかを問われるケースが増えてきた。

そこへきて、このアメリカ行きの話だ。

（タイミングがタイミングだけに、意識してしまうよなあ……）

身に余る話だし、社長の一族という竹那珂《たけなか》さんの立場から出たことなのは何重にもゲタを履かせなきゃいけないのだけど、それを差し引いても、魅力ある話であることはたしかだった。

ただ、今の僕は、具体的な方針を見いだせているわけじゃない。竹那珂さんが声をかけてくれたのも、そりゃ多少は能力面の評価はあるかもしれないけど、いっしょに仕事をしていて気心が知れているから、というのが大きいだろう。

その点に寄りかかって話に乗ってしまうと、いずれ僕は自分を見失ってしまう。

何をしたいのか、決めなければいけない。

しっかりとした目標のないままに動くと、いつかきっと、望まぬ方向へさまよってしまう。かつての未来にいた僕が、そうだったように。

「じゃあパイセン、この話はまたいつか、ってことで！」

先に戻ってますねと元気よく言って、竹那珂さんは飛び跳ねるように去っていった。

そんな彼女の後ろ姿を見送りながら、僕はあの付箋のことを思い出していた。かつての大失敗から、道を踏み外さないようにと決めた印だ。

「目標、か」

みんなと最高の作品を作り上げる。押し入れの中に立てた目標は、もちろん今だってずっと生き続けている。

すべての行動はその目標のために。だけど今、その見据えていた未来でさえも、どうやって形にしていけばいいのか、わかりにくくなってきている。

みんなの成長、それぞれの考え。ここしばらくのみんなを見ていると、次第にゆるやかに、ルートが枝分かれしてきているように思える。

僕はそこで、何ができるんだろう。そろそろ、最善手を見つけ出さないと、エンディングはすぐそこまで近づいている。

◇

学生生活最後のゴールデンウイークを迎えた。すでに就職先などの進路を決めた学生たちは、ここぞとばかりに遊びに出かけていたけど、そんな中において、大汗をかきながら緊張の極限にある男がいた。

「うう、やべえ、やばすぎる。胃がひっくり返って喉から出そうだ」

鹿苑寺《ろくおんじ》貫之《つらゆき》、いや、川越恭一《かわごえきょういち》は、かすれにかすれた声を発してうなだれていた。僕とシノアキ、ナナコの3人は、そんな苦しげな彼を見て共に苦笑している。

大阪《おおさか》市の中心部にある、とある大きな書店。彼自身の名前が大きく書かれた立て看板の前で、彼は悲壮感たっぷりの顔をさらけ出していた。

「貫之、水でも飲む?」

ペットボトルを差し出すと、貫之は軽く手を横に振って、

「悪いな、やめとくよ。飲み過ぎて本番でトイレに行きたくなるかもしれねえし」

どうして彼はこんな緊張の中にいるのか。それは入口から少し奥まった先の、向こう側にあった。

シノアキとナナコが、ひょいと顔を出してその辺りを見た。

「うっわ、すごい人。これぜんぶ、貫之目当てで来てるのよね」

ナナコが驚いた声を上げると、

「たくさんおるね～。貫之くんは人気者やねえ」

追い打ちをかけるように、シノアキののんびりした声が響いた。

確認すると、たしかにそこは大勢の人でにぎわっていた。若い男性が中心だったけど、ちらほらと女性もいるようだった。

「や、やめてくれよ2人とも！　絶対に緊張感が増すからって、さっきからずっと見ないようにしてるんだぞ！」

貫之の悲痛な叫びにも、僕らは非情な笑みをこぼすばかりだった。

「そうは言っても、ねえ」

ナナコが肩をすくめる。

「大先生が自分のサイン会で緊張してるなんて、こっちからしてみれば何をぜいたくなことと言ってんのよって感じだし～」

「てめえ、今からあっちに行って叫んでもいいんだぞ、ニコニコ歌ってみたで人気のナナコさんがゲストで来てまーすってな！」

「ちょ、ちょっと冗談でもやめてよそんな！　想像しただけでゾッとするわよ！」

貫之の反撃に、ナナコは真っ青になって首を横に振った。

「実際、今のナナコの人気だったら、ここにいる人たちもほとんど知ってるだろうしね」

「ねーもう恭也《きょうや》もやめてったら！　悪かったわよ、もう言わないからっ」

真っ青になったあとは、真っ赤になって恥ずかしがるナナコ。

事実、ナナコの知名度は着実に上がりつつあった。学内でも、ニコニコでの活動と連動して、特に1、2回生から声をかけられることが多くなっていた。

（そろそろ、軽く変装して歩かなきゃいけないかもな）

もっとも、本人に言ったらまた照れて怒りそうだけど。

「はー、バカやってたらちょっと気がほぐれたよ」

やっと、貫之《つらゆき》も腹が据わったのか、背筋を伸ばしてグルグルと両肩を回した。

「時間だし、行ってくるわ。ま、あいさつでトチったりしたら笑ってやってくれ」

「大丈夫だよ、笑ったりしないって」

僕の声に、貫之はちょっとはにかみながらうなずくと、関係者入口で担当編集さんと落ち合い、そのまま店の奥へと入っていった。

「じゃ、僕らも行こうか」

「大先生、どんなあいさつから入るのかな～」

「どんなこと言うか、楽しみやね～」

僕ら3人も店内へ入ると、会場のちょっと離れた辺りで様子を見守ることにした。

　少しの間ののち、主催の書店員さんの声が響く。

「お待たせいたしました！　それでは、川越恭一《かわごえきょういち》先生のサイン会をこれから行います。みなさん、拍手で先生をお迎えください！」

　盛大な拍手の音に続いて、貫之があいさつを始めた。

「川越恭一です。今日はみなさん、お越しくださってありがとうございました――」

　あれだけ緊張していた割には、堂々と、嚙《か》むこともなくスムーズなあいさつだった。

「やるじゃん、なんだかんだ本番に強いんだから」

　ナナコもうなずきながら、貫之のあいさつを聞いている。みんな笑ったりしていたけれど、実のところはもちろん心配していた。

「わたしのときは、どうやってあいさつしようかねえ」

　シノアキが、少し考えるように首をかしげた。彼女も再来月、夏休みにサイン会を予定していた。

「シノアキはにこにこ笑って、名前言ってお礼言えば大丈夫よ～。それでみんなニコニコすると思うな」

「そんなもんかな～」

　ナナコと楽しそうに語り合っている様子からは、３年前、シノアキと初めて会ったときとそう変わらないように見える。

でも、実際は。

「すみませーん！　この辺りにも待機列のお客様を入れることになりましたので、ちょっと移動していただいていいでしょうか？」

書店員さんが、列整理用の看板を持って近づいてきた。

「あ、はーい、すみません！」

あわてて荷物を持って、小走りに移動する。

移動する途中で、そのあふれそうになっている人の波をみんなでチラッと確認した。たしかに、スペースを詰めないといけないぐらいの多さになっていた。

「すごい人気やね〜」

「あとで言ってやろ、大先生〜って！」

クスクス笑う2人の横で、僕はとても、誇らしい気分になっていた。

（これで本当に——本当に、川越恭一《かわごえきょういち》が生まれたんだ）

雨の日、別れを告げられたとき、呼び戻すために彼の故郷まで追いかけたとき、受賞作の改稿で苦しんでいたとき、そして、彼自身が独りで戦うことを決意したとき。

それらがすべて重なって、その上に今日がある。

時々振り返りながら、僕は目の前に広がる光景をジッと見つめていた。

◇

　サイン会は無事、盛況のうちに終わった。

　僕らは貫之《つらゆき》の用事が済んだあとで合流し、ささやかなお祝いをしたあとでシェアハウスへと戻ってきた。

「貫之くん、堂々としとってかっこよかったねぇ」

　そしてシノアキと僕は、彼女の部屋にこもって、次の仕事についての打ち合わせをしていた。

　彼女はさっそくＰＣに向かってイラストの彩色をし、僕はその後方で、スケジュール表を見つめている。

「うん、もう立派な作家さんだよ」

　読者の前で、しっかりと自分の言葉であいさつをする彼の姿に、僕があこがれていた川越『京一《きょういち》』の姿が重なった。

　少しばかりのルートの違いはあったものの、これから彼は作家として活動していくのだろう。そのことに、もはや疑いはなかった。

「自分のしたいことをして、めっちゃがんばって、それが叶《かな》ったんやもん。すごく嬉《うれ》しかったと思う」

彼女の言葉は、おそらくは自分のことにも繋《つな》がっているのだろう。貫之《つらゆき》が、そしてナナコが、ものすごい勢いで階段を駆け上がっていく。同じ時代にクリエイターとして活動をするシノアキは、当然のように意識するはずだ。

「恭也《きょうや》くん」

そんなことを考えていたら、不意に彼女から名前を呼ばれた。

「どうしたの、シノアキ？」

答えると、彼女は椅子ごと僕の方へと向いて、

「もうそろそろ、聞かせてもらえるんかな」

「何のこ……」

ハッと息をのんだ。

彼女が、何のことを言っているのか、思い当たったからだった。

「僕の作りたいもの、だよね？」

シノアキは、にっこりと笑ってうなずいた。

大学1回生。桜の花びらが夜の闇に溶けて、とてもきれいだった日。シェアハウスまでの道を2人で歩いて、いろんなことを話した日。

シノアキはまだ、自分が絵を描くことに自信を持てないでいた。僕はそのとき持っていた言葉のすべてで、彼女に思いを伝えた。あの日から、秋島《あきしま》シノは少しずつ、その姿を僕

の前に示していった。

そんな彼女が、僕に投げかけた質問があった。

『恭也くんは、何が作りたいと？』

シンプルで、だけどとても答えるのが難しい質問。

あのときの僕は、すでにその答えを持っていた。だけどまだ、答えることはできなかった。あまりに夢物語で、実現するにはほど遠いものだったからだ。

そして、あれから3年が経《た》った。ぼくらは最上級生になり、卒業が目視できるところまで僕らはやってきた。

今なら、口にしても夢物語にはならない。言いながら、自分で茶化《ちゃか》すようなことにもならない。目に見える目標として、言ってもいいはずだ。

でも、僕は。

「ごめん、まだ言えないんだ」

シノアキの質問に、またしても答えられなかった。

見えてきたからこそ、答えることができなかったのだ。

「もう少しなんだ。あの1回生の頃は、ぼんやりしてたことが、やっと今になって、形になって見えてきたんだ」

企画というものを勉強し、みんなの特性も知り、同人や学生作品ではあるものの、いっしょにものを作ることも経験した。

「だけど、まだ確実じゃないんだ。不安定なものがたくさんあるんだ。最後、それをちゃんとまとめることができたら――」

シノアキの顔を見つめ、言う。

「僕の方から、言うよ」

散々もったいぶって、まだこんなことを言っているのかと自嘲したくなる。お前の言うそのときはいつになるんだと、問いかけたくなる。

そんな勝手極まりない僕の言葉にも、シノアキは変わらずやさしかった。

「うん、待ってるね」

いつまで、彼女は待っていてくれるんだろうか。仕事としてのイラストレーターを彼女が意識して、プロとして独り立ちをするとき。それまでに、僕もプロとして恥ずかしくないように成長しなくてはならない。

堂々とファンの前であいさつする貫之《つらゆき》。楽しそうに歌声を披露するナナコ。近い場所から、どんどん遠くへ行こうとする彼らを思い浮かべる。

僕は今、どこにいるんだろう。

そしてしかるべきときに、彼らのいる場所へ行くことができるのだろうか。

◇

連休が終わり、５月の授業が始まった。専攻科目も一般科目もほとんど単位を取り終わった僕ら4回生にとっては、卒業制作のみが最後の難関となっていた。

今日はその中間報告的な授業の日だった。しかし、僕らチームきたやまは、この段階においてもまだ企画案を出せていなかった。

授業の始まる前、僕と河瀬川《かわせがわ》の２人は、いつもの喫茶店で企画の話をしていた。しかし、決め手に欠ける状況に変わりはなさそうだった。

「そろそろ答えを出さないと、先生がうるさそうね」

涼しい顔でそう告げる河瀬川に対して、僕は内心ひやひやしていた。

「そうだね、さすがにちょっとは叱られるかもなあ」

「恐《こわ》いの？　別にいいじゃない。あの先生なら、声を荒らげたり罵声を浴びせたりってことは皆無だから、はいはいってうなずいておけばいいのよ」

「気楽に言うなあ……」

様々な因縁があったことも理由だけれど、僕は加納《かのう》先生を前にすると、ほぼ確実に緊張するようになっていた。

あの、すべてお見通しといった表情や立ち居振る舞い、飄々《ひょうひょう》としているようで実は熱い部分もあったりと、何というか、到底敵《かな》いそうもない雰囲気を全身から感じるからだ。

（河瀬川《かわせがわ》は、恐《こわ》くないのかなあ）

チラッと、彼女の方を見る。

同じチームの一員でありながらも、彼女は僕のように焦っている様子は見えない。実際聞いてみると、「こう見えても焦ってるのよ」なんて、しれっと言いそうではあるけれど、外見的には余裕たっぷりにしか見えない。

「なんか、似てるよね」

「何がよ」

「加納《かのう》先生とかわせが……って、えっ」

言葉の途中で、河瀬川の表情がギッと恐ろしくなったのが見えた。

「どういう根拠で？　どういう理由で似てるって言うの……？」

言葉のすべてを、鍋底で黒く煮詰めたような声で河瀬川は言った。

「ごっ、ごめんって！　なんとなく言っちゃっただけだから！　似てない！」

大慌てで、さっきの言葉を否定した。

「そう。ならいいのよ」

河瀬川はすぐに元の表情に戻ったので安心したけど、まさかこんなところに地雷があるなんて思いも寄らなかった。

（案外、他の連中にも言われてうんざりしてたのかもな）

まあ、クールで理知的で美人ってだけでも、同じカテゴリに入れられそうだし。そういう類型的な見方は、河瀬川は嫌いそうに思う。

荒れそうな話題はやめて、本題へと入る。

「えっとそれで、話っていうのは？」

今日、授業前にこうして顔を合わせたのは、卒業制作の打ち合わせもさることながら、河瀬川から呼び出しを受けたからでもあった。

話しておきたいことがあるんだけど、とシンプルに記された、相変わらず慣れない感じのメールの文章に、僕はあれこれと内容を想像しながらやってきたのだけれど、

「率直に言うわね。わたし、バイト辞めてきたの」

本人の言葉通り、率直に伝えられたのだった。

「あの映像制作の会社……だよね？」

「そう。意見を言ったら煙たがられちゃって」

もう吹っ切れたのか、特に感慨がある様子もなさそうだった。

河瀬川が映像制作の会社でバイトを始めて、当初は順調にキャリアを積んでいるように感じていた。小さいながらも演出を任せられる仕事も出てきて、このまま映像畑でしっかり食べていくのかな……と思っていたら、

「やっぱり、古い体質が合わなかったんだね」

慣習にとらわれすぎている上層部とやり合ううちに、関係そのものがうまくいかなくなった、とのことだった。

「別に何もかも新しくしろって言うわけじゃないのよ。古き良き、伝えていかなきゃってことはあるし、技術面にしたって、無理してデジタルにしなきゃダメなんてこともない。できる範囲でやっていけばいいと思ってる」

河瀬川《かわせがわ》が変えようとしていたのは、スキルを新人に伝える際、メモや口伝《くちづて》で伝えていたものを、データにしてまとめたらどうか、という点だった。

「人によって話すことが違ったりもするから、それをまとめて整備していくことで、アシスタント側の手順をとりまとめた方が効率的だって思ったのよ」

聞いている限りでは、何も悪いことはない。むしろ、早く手を付けた方がいい分野だと思うが、これに年配のスタッフが文句をつけてきた。

「各チームごとのルールがあるんだから、それに沿って現場で覚えればいいんであって、統一したものにしたりデータにするもんじゃない、って言われてね。じゃあ、共通した部分と、チームでカスタム化したものを分ければいいじゃないですかって話をしたら、そんな面倒なことやりたくない、って」

「今やってる仕事以外のことはしたくない、ってことか」

「でしょうね。慣習を変えるってなると、どうしても必要以上にやることが増えるから、それが嫌だったんだと思う。でもそれ以上に、ガキが出しゃばるなってことの方が大きかったように思うわ」

残念だけど、僕もそっちじゃないかなと思う。

以前、少しだけ手伝いに行った映像制作の現場は、まさにそういう古い慣習がまかり通るところだった。なんとか改善しようという動きもあったらしいけど、結局は力を持っている人間の意見で曲げられてしまう、と若手スタッフが嘆いていた。

すべて新しくすればいいってわけじゃないけれど、それでも新しい意見を聞かなくなった現場は、すぐに老化していく。今花形の仕事にしたって、それはいずれ、顕著になってくるだろう。

そこまで考えがおよんで、僕はハッとした。

(茉平《まつひら》さんは、まさにそこで戦っているんだよな)

彼がどれだけ大変な戦いをしているか、それを思わぬところで思い知ることになった。

「それで、演出からは外されて備品の整備と掃除をさせられるようになったから、古くなってたラベルの貼り替えと整理整頓、ファイリングまでして辞めてきたわ」

そういうところできっちり仕事するのは、河瀬川らしいなと思った。

「とりあえず、お疲れさまだね」

「ええ、これから何をしたらいいのか、また考え直しよ」

以前ならば、こういうアクシデントがあったとしても、河瀬川《かわせがわ》ならば簡単に次のやることが見つかるはず、と思っていた。

でも彼女は、僕が思っているよりずっと、自分のあり方について悩んでいた。何でもできるからこそ、自分が最も役に立ち、そしてやりたいと思えることについて、考えるようになっていた。

(人のことは言えないけど、ね)

それは僕にもすべて返ってくることだった。

「貴方《あなた》はどうなの?」

ひとしきり話したところで、河瀬川は僕に話を向けてきた。まさにそのまま、自分に返ってきた。

前に彼女から「迷ってるの?」と問われたときから、僕の心情に何らかの変化があったのか。もちろんそのことだろう。

「まだ迷ってる、かな」

「……そう」

河瀬川は静かにうなずいただけだった。僕自身が決めることだけに、何も言う必要はないと思ったのだろうか。

貫之《つらゆき》が完全にプロとして立ち上がり、ナナコもそれに続こうとしている。シノアキについてはもう少し時間がかかりそうだけど、だからと言っていつまでもこのままでいるわけじゃない。

プロデューサーを目指す僕が、目的を持たないチームを続けようとしている。それも、みんなのことを考えた上での判断じゃなく、自分の迷いによるものが大きい。

（このままじゃ、いいはずもないよな）

色々な意味で、リミットは近づいている。だけどそれは、決定の後押しをしてくれるわけではなく、焦りを増大させるばかりだった。

◇

いつものホールにみんなが集まって、授業はすぐに始まり、すぐに終わった。

各チームごとの経過報告が代表者によって行われ、報告するに至らないチームや人については、個別で後日面談ということになった。

なので授業後、僕は面談の予定を決めるために、加納《かのう》先生の元へと向かった。すると、先生は僕の姿を見るやいなや、

「あー橋場《はしば》、お前は１時間後に研究室な」

あれこれ相談をするまでもなく、さっさと予定を決められた上で追い払われてしまったのだった。

(これはお説教コースかな)

わざわざ、授業後すぐに呼ばれるぐらいだ。何かあると思った方がいいだろう。

ひとまず、はいと答えたあと、時間を潰して映像研究室へ向かうことにした。

すっかり見慣れた研究室の扉の前。軽くノックをすると、これまたいつも通りに返事があったので、

「橋場《はしば》です、失礼します」

名乗って、ノブを回してすぐに、

「って、うわっ」

中の、まさに惨状と言っていい光景に、驚きの声を上げた。

以前にも増して、ビデオテープや書籍、そしてゲームソフトなどの資料が山のように積み上がっている。それでも、少し前に来たときはここまで酷《ひど》くなかったから、最近になってまた増えた、ということだろう。

「おー来たか。とりあえずソファに座っておいてくれ」

書類の向こうから、声だけが聞こえてきた。

「は、はい……」

要塞のようになった研究室の中を、山を崩さないようにそろそろ歩き、ソファに腰を下ろした。

ふと、何気なく積まれた書類の題名を見ると、〇〇コンテストや××審査などといった単語が数多く目に入ってきた。

「先生、これってその、審査とかそういうのですか？」

「そうだ。ゲームや動画周りも見るようになってな、気がついたらいくつも掛け持ちすることになったってわけだ」

案の定、その流れだったようだ。

先生のように、一定の立場のある人間で、新しいメディアにきちんとした知識や見解を持っている人というのはあまり多くない。ゆえに、審査員などの選定になると、名前の挙がってくることが非常に多くなった……と先生本人から聞いた。

でもまあ、僕がメディア側の人間であっても、こういう人材は使いたくなるだろうなと思った。食いっぱぐれのない人とは、こういう人のことを言うのだろう。

「お待たせ。すぐにメール返せって言われててな。それをやってからじゃないと話ができなかったんだ」

肩をほぐすための、何という名前か知らないけど折れ曲がった孫の手みたいな棒を振り回しながら、先生は僕の前に勢いよく座った。

そして、脇にあった缶コーヒーを2つ手に取ると、

「はい、これ」

僕にその1個を投げて渡した。

「ありがとうございます。それであの……すみません、まだチームのこととか、決められていなくて」

おそらく話題はそのことだろうと思って、先行して謝ると、

「くくっ、まあ話はそれだってわかるよな。そうだ。まさにそのことだよ」

缶コーヒーのプルタブを開け、中身を少しだけ口にした。

「早く企画をまとめてスタートさせたいが、メンバーの見ている方向、進みたい道が違ってきて、思うようにまとまらない……違うか？」

この先生は、僕の脳にチップでも埋めているんだろうか。そう思うぐらい、悩んでいることをそのまま言い当てられた。

「…………っ」

言葉に詰まっていると、

「図星か。まあそうだろうな、この時期にやることが決まってない連中は、ほとんどがその理由で悩むもんだ」

先生は、予想通りという感じでうなずいた。

「授業でも言ったが、卒業制作というのは何も傑作を作るのが必須というわけじゃない。ただ、何かを残したいやつにはいいきっかけになるだろう、というものだ」

「はい」

「つまり、お前たちみたいに1、2回生から動いている連中にとっては、言い方は悪いが消化試合、作りさえすればいいということだ。もっと極端な例になれば中退するのもいるが、さすがに教員側としてそれは勧められんがな」

「選択肢として、あり得るということなんですね」

「わたしの口からは言えないと言っているだろう。まあ、選ぶのは自由だ」

立場上言えないというだけで、実際はそれも肯定的なのだろう。

（先生らしい言い方……だな）

でも、僕は何かの理由がない限りは積極的にその道を取ろうとは思わないし、みんなのためにも、卒業の道筋をつける選択をしたい。

「企画、出します」

なので僕は、そう言い切った。

「そうか、ならがんばれ」

先生も、それ以上はこのことに言及しなかった。

どういうものを企画するのか、そしてどう作るのかについては、お前たちが自分で決めろ、ということなのだろう。

これまでも、大変なことはあった。だけどそれは、すでにあるレールの上でどう動くかということで、範囲の決まった中での話だった。

この先は、誰も決めてくれない。この3年の間に見てきたこと、してきたことを形にしなければいけない。

それは、卒業制作だけの問題じゃなく、未来をどう作るかということだ。

プルタブを開けないままの缶コーヒーを、手の中でずっともてあそんでいる。開けないことには、中身も味もわからない。だけど、一度開けてしまったら、すべてが決まってしまう。

その開ける勇気が、僕にはないのかもしれない。

「橋場《はしば》、今でも……プロデューサーになりたいか」

不意に。

先生がそんなことを聞いてきた。

「は、はい」

一瞬、言いよどんでしまった。

先生の前で、なる、と宣言してから少し時間が経《た》っていた。プロデューサーという仕事のおもしろさと共に、その特殊性や苦労を知ることになった。

それで気力が萎えたわけではない。だけど、そう簡単になれないとわかった以上、無邪気に「なりたい」と言えるようにはならなくなった。

だから、言いよどんでしまった。力強く宣言できるまでには、まだ時間も経験も山のように必要だと思った。

「難しいな、って思います」

考えていたことをまとめると、その言葉に尽きると思った。

「みんなの意見を聞いてまとめて、動かして完成に持って行くっていうのは、多少なりともやり方がわかったように思います。でも……」

進行ではなく、プロデューサーには、もっと必要なことがあった。

「企画自体を考えたり、構想を練ったり、大局的な見方でみんなを引っ張るというのは、僕の中にはなかったことでした。でもそれができないと、がんばってるみんなを動かすなんてことは……できないなって」

みんながそれぞれ動き出した今、僕がどう動くことが最善手なのか、何よりもそのことを考えている。

だけど、まだ具体的に動けているわけではない。せいぜい、邪魔にならないようにとみんなの独り立ちをうながしているだけにすぎない。

「自分と、友達の間に差ができた、と感じているのか？」

言葉に詰まった。

そう、思っている部分もあったのはたしかだ。

先生は、返答をしない僕の顔を見て、フッと息をつくと、

「プロデューサーというのはな、孤独なんだよ」

静かに席を立つと、こちらに背を向けて語り出した。

「クリエイターと比べると、プロデューサーというのは虚業と言われることが多い。自分の手で何かを作るのではなく、人を呼び、配置をして働かせる役割だからな。必要な職業にもかかわらず、目の敵にされやすい」

そう思う。実際、僕も以前は悪いイメージを持っていた。

「だが、プロデューサーほど、自分の姿を大きく見せる必要のある仕事もない。規模の大きな仕事を立ち上げようと思ったら、虚像であれ何であれ、とても偉大な自分、を作り上げていかなければならない。結果、彼らは多少関わった程度の仕事を実績としてひけらかし、大物とのコネクションを喧伝《けんでん》し、強い者に迎合して高みに登ろうとする」

先生が僕の方へと顔を向けた。

「彼らがどうしてそんな行為に走るのか。それは自分を大きく見せる必要性もあるが、それ以上に心理的な理由もあるんだよ。それがわかるか、橋場《はしば》」

わかるような気がする。

なぜなら、近い感情を僕も抱えるようになったからだ。

「孤独……だからですか？」

先生はうなずいた。

「そうすることでしか、自分というものを表現できないんだ。クリエイティブに関わる以上、承認欲求というものは必ず出てくる。彼らはその欲求を満たすために、そうした示威行為を見せつけ、褒めてもらおうとするわけだ」

先生はそこで、ニヤッと笑った。

「ま、こういう話は以前にもしたし、橋場なら重々承知の上だろう」

「そうですね、理解はしています」

以前に、先生を前にプロデューサーを目指すと宣言したとき。僕は、いかがわしい山師のような存在になるのもいとわない、とまで言い切った。

「でも現実として、キラキラしている友達の姿を目の当たりにしたとき、覚悟が揺らぎ、このままでいいのかと迷いが生じた。自分がどこに行けばいいのか、わからなくなった、と。そういうことじゃないのか？」

「……はい」

すべてお見通しだった。

彼らの成功はもちろん嬉《うれ》しい。とても喜ばしい反面、今の自分は彼らと同じところまで進んでいるのかと、不安になった。たとえルートを違《たが》えたとしても、着実に進んでいるという証《あかし》が欲しいと思っていた。

でもそれが、プロデューサーという職業の闇の始まりでもあり、堕《お》ちてはいけない崖っぷちだった。先生はそれを示してくれたのだろう。

先生は、再びソファへと座ると、

「もっとも大切なものを決めるんだ、橋場《はしば》」

まっすぐに僕を見て、強い口調で言った。

「自分を作り上げてくれたのは何なのか、ここまで連れてきてくれたのは何なのか、根幹にあるものを見定めて、それを最重要のことと位置づけろ。そうすれば、今後何かを決める際にも迷いにくくなるはずだ」

もっとも大切なもの、か。

(僕にとって……何だろう)

どうして僕は、何かを作っているんだろう。

何がきっかけでこの世界に来たんだろう。

見失っているもの、忘れてしまったことがあるのかもしれない。いや、これだけ迷っているのだから、きっとそれはあるのだろう。

残り少ない学生生活だけど、それが何かを見つけられれば、最終的に到達するものを見つけられるかもしれない。

「まだ、見つかっていないですが、でも」

先生の顔を見た。厳しくも、暖かい表情だった。

「見つけてみようと思います。それが何かはわかりませんが、やってみます」

表情を引き締めた。先生はニヤッと口角を上げると、

「お前がこの先、どういう判断をしようがわたしはとがめない。存分にやりなさい」

残りのコーヒーを、一気に飲み込んだ。

「見つかったら、卒業だな」

僕の手の中には、結局開けることのなかった缶コーヒーが残ったままだった。

◇

大阪《おおさか》の中心部を縦断する、御堂筋《みどうすじ》という大きな街路がある。先生と面談をした数日後、僕はその道を、梅田《うめだ》から南に向かって歩いていた。

少しずつ初夏の雰囲気も感じられる中、僕はずっと、考えごとをしていた。内容はもちろん、先生と話したことだ。

「僕にとって、もっとも大切なこと——」

大学に入った当初、まだそんなことを考える余裕はなかった。持たざる者だった僕は、みんなのためになりたいと必死で食らいつき、その結果、大切な友人の未来を奪いかけてしまった。

そして、自分を見つめ直すきっかけを得てから、みんなの成長を見とどけながら、立ち位置や行動を決めるようになった。

だけど、それは「なぜ」そうするのかを、僕自身が見失っていたように思う。目標はあっても、その理由を説明できなければ、みんなを納得させることもできない。

まだ、答えが出るまでには時間がかかりそうだった。

「ここかな」

目的地に着いた。

今日はある人との約束があって来た。雑居ビルに入り、階段を上って3階へ。お世辞にも、きれいなたたずまいとは言えない場所だ。

(似合わないな、あの人と)

意外な取り合わせに違和感を覚えつつも、店のガラス戸を開けて中へと入った。

さほど広くない店内は、外観に比べるときれいにリノベーションされていた。紅茶の良い香りが鼻をくすぐる中、奥の席から声が上がった。

「ごめんね、わざわざ時間を取ってもらって」

茉平《まつひら》さんは、いつも通りの爽やかな表情で、そこに座っていた。

話をしよう、と彼に言われてからしばらく時間が経《た》っていた。あれから、彼の様子は特に変わったようには見えなかった。

「座って。そんな、堅苦しい話じゃないから」

言われたとおり、彼の正面へ座った。

店内をぐるっと見渡す。いわゆるボードゲームカフェというものだった。未来の世界ではかなりメジャーな存在となったが、２００９年頃だと、まだほとんど存在していなかったはずだ。

茉平さんは、柔和な表情だった。これまでに度々見られた眉間のシワも、厳しい目も、今日はどこにもないように見えた。

（一段落、ついたのかな）

最近は、彼が開発室にいる時間も比較的増えていた。もし、この良い想像の通りならば、穏やかな日々が戻ってくると思いたかった。

「実はね、何か伝えたいことがあって、君を呼んだわけじゃないんだ」

「そう……なんですか？」

「うん、もっと君と、ちゃんと話をしたいなって思って」

「話を……？」

茉平《まつひら》さんはうなずいて、

「前に、仕事についてのことを話したことがあるだろう？」

「ええ、すみませんでした、あのときは」

「謝ることはない。僕と君と考え方が違った、ただそれだけのことだ」

そのことについては、別段気にしているようにも見えなかった。もちろん、うまく表情を隠したのかもしれないけど。

「でも、それを話す前に、もっと色々なことを聞いておくべきだったって思ってね。君を形作ってきたものは何なのか、どこでこの思考が生まれたのか、それを知っておかなければって思ったんだよ」

なるほど、そういうことだったのか。

「僕は元から、ゲームが大好きでね。このカフェも、どこかで落ち着いて考えられる場所を探してたときに見つけたんだ」

「めずらしいですよね、ボードゲームが置いてあるなんて」

「そうだね。でも、これからもっと盛り上がると思うよ。デジタルに飽きた人たちが、いずれこっちにやってくるだろうし、ネット対戦も盛んになるだろうからね」

この時期から着目していたことだけでも、茉平さんはやはりすごいなと思わせた。

(好きなものの話……たしかに興味がある)

茉平さんに敬意を持っていることについて、以前と変わりはない。そして、彼はあまり自分について話をしなかった。

だから、こうやって趣味の部分とはいえ、話をしてくれるのは嬉《うれ》しいし、貴重な機会だとも思った。

僕は大きくうなずくと、

「わかりました、ちょっと長くなるかもしれませんけど、いいですよ！」

「ありがとう。でも僕も、語ると長くなると思うよ」

ひさしぶりに、揃《そろ》って笑い合うことができたのだった。

◇

茉平さんと、過去に触れたものについてひたすら話をした。

最初に遊んだゲーム、衝撃を受けた作品、そして泣いたり笑ったりした創作物。

驚いたのは、茉平さんがとても多くの作品に触れていたことだった。通っている大学からして、きっと勉強漬けの日々を送っていると思っていたのだけど、

「ゲームをしたいから、ずっと成績では文句を言われないようにしていたんだ」

最初は、シンプルな理由からだった。しかし、勉強を重ねていくうちに、これは将来の

ゲーム制作に活《い》かせると気づいてからは、より効果的に勉強の深掘りをしていくようになったそうだ。

英語ならば、ゲームの台詞《せりふ》に使える言い回しを探したり、数学ならば、３Ｄに応用できる数式を求め、国語や歴史はストーリー作りの参考にするなど、単なる試験対策を超えたところで、勉強をとらえるようになった。

だからずっと、成績は学年1位から落ちたことがないらしい。

（想像もできないな……すごい）

それだけの勉強をして結果を出してきたこともすごいけれど、その原動力になっているのが、好きなゲームということに凄味《すごみ》を感じた。

自身の主張を曲げないところなど、きっとこの人は、自分の好きなものについては文字通り懸命になれるのだろうと感じた。好きなものを前にしているのに、迷い続けている僕にとっては、まぶしいばかりの存在に思えた。

やがて話題は、それぞれの出発点の話へと移った。

「橋場《はしば》くんは、何がきっかけでこの世界に興味を持ったの？」

すぐに言おうとして、一瞬言いよどんだ。

もちろん、僕にとってのきっかけは、シノアキの描いた『サンフラワー』の表紙絵だ。つらかったときに、あの1枚に癒《いや》されたことがきっかけで、僕はこの世界への憧れを持った。

でも、それは未来の話であり、今の歴史ではない。

「僕は――」

だから、すこしボカしたような言い方をした。

「絵、です。1枚のイラストを見て、それがきっかけです」

あの作品がなかったら、今頃どうなっていたんだろう。憧れの目で見ていた頃は、それを描いた人がどんな人か、想像だにできなかった。

今、こうして時間をさかのぼって、僕はその描いた人との距離を限りなく近づけ、そしてまた遠くなろうとしている。

「奇遇だね。僕も、最初のきっかけは――1枚の絵だったんだ」

「茉平《まつひら》さんも、ですか」

「うん。ゲームのイメージイラストでね。大きな空をバックに、主人公の少年が剣を携え、今にも動き出そうとする躍動感のある……思い出すたびに、あんな素晴らしい絵にはもう出会えないだろうな、って思うぐらいだ」

茉平さんの口調に、熱が入るのがわかった。

しかし、そのすぐ後に、

「残念ながら、もう見ることができないんだけどね」

つぶやくように言って、目を伏せた。

「どうして……ですか？」

茉平《まつひら》さんは、そこでちょっと言葉を切った。あまりそういうことをしない人だと思っていたので、少しばかり驚いた。

ややあって、彼はゆっくりと口を開くと、

「描いた人が、亡くなったんだよ」

「……そうだったんですか」

もう見ることができない、という時点で、相当大きなことがあったのだろうとは思ったけど、まさか亡くなっているとまでは思わなかった。

「過労につぐ過労でね。しかもその上、描いたイラストを元に進められるはずだった企画もお蔵入りして、データも散逸したそうだ」

かなり絶望的な状況だった。

「誰かが取っておいたとか、そんな可能性もないんですか？」

「ないだろうね。あるとしたら本人だけだけど、この世にいないんじゃ、ね」

おどけるように肩をすくめた茉平さん。だけどその表情は、とてもさみしげだった。

僕の知る限りでは、そんな作品の話は聞いたことがなかった。イメージイラストまでできていて、その上で開発中止ともなれば、伝説の作品としてどこかで紹介されていてもよさそうだったけど、

（記憶にはない……な）

もちろん、僕だってすべてのゲームを覚えているわけじゃないし、単にその知識がないだけかもしれないけど。

「いつか……見つかるといいですね」

僕にとっての秋島《あきしま》シノの画集が、常に勇気づけてくれる存在だったように、茉平さんもきっと、その絵を今こそ見たいはずだ。

もちろん、聞いている状況からすると見つかるのはかなり難しそうだったけれど、茉平さんが僕と相通じる点を持っていると知った以上、少しでも元気づけたいと思った。

「ありがとう。難しいとは思うけど……そうなるといいね」

茉平さんは、そう言ってほほえんだ。

◇

「今日はありがとうございました。とても楽しかったです」

「こちらこそ。こんな機会ができるなんて夢にも思わなかったよ」

僕も同感だった。あの会議室での決別から、茉平さんとしっかり話すことなんて無理だろうと思っていただけに、今日はとても貴重な１日となった。

懸案になっていることに答えが出たわけじゃないけれど、ゲームというものを通じて、こうして語り合えたのは、ずっと後になって生きてくるような気がする。

(具体的には言えないけど……結びつきは感じるな)

思想の段階ではお互いにわかりあえなかったけど、別のことでは、互いに協力できるときが来るかもしれない。そう思えるぐらいには、同じものに対する敬意や、共通する価値観をわかちあえたように思う。

夕日が地面へと近づき、オレンジ色に染まる街並みが、次第に暗がりへと飲み込まれていく。

このままずっと話をしていたいところだけど、どこかで区切りをつけないと、ずるずると引き延ばしてしまいそうだった。

「それじゃ、僕は帰りこっちなんで、失礼します」

帰る方向が逆向きだったので、そちらに踵《きびす》を返そうとしたところで、

「橋場《はしば》くん」

不意に、名前を呼ばれた。

「はい?」

振り返った僕に、茉平《まつひら》さんは、

「君にお願いがあるんだ」

「何でしょうか……？」

なぜか、ちょっと泣きそうな顔をして、

「これから何があったとしても、ゲームを……好きでいて欲しいんだ」

そんなことを言った。

「ゲームを、ですか？」

「……ああ」

どうして、そんなことをわざわざ言うのだろう。

不思議に思いはしたけれど、僕はその理由を問い直す気はなかった。

今日、これだけ楽しい話ができたのに、最後に何かを蒸し返さなくてもいいだろう。たしかに意味深ではあるけれど、ゲームを好きであることなんて、誓わなくても、続けていけると思っている。

だからこれは、今日という日を過ごした証《あかし》みたいなものだと思うことにした。

「わかりました、約束します。ゲームを、ずっと好きでいます」

「うん、ありがとう」

そのまま、茉平さんは「それじゃ」と軽く手を振って去っていった。

僕も立ち去ろうとしたけれど、なぜか茉平さんの姿から目が離せなかった。

背筋をピンと伸ばし、乱れのない歩幅で歩いて行く彼の姿は、特にいつもと変わりがな

いように思えた。

だけど僕は、そんないつもと変わらない彼の姿を、見えなくなるまでずっと目で追いかけていた。

　6月に入って、僕らはついにタイムリミットを迎えた卒業制作の企画について、話し合って結論を出すことにした。

「それじゃ、これで提出するね」

　シェアハウスの居間で行われた企画会議。僕以外の全メンバーは、みんな一様にうなずいて、それで決定となった。

　今回の企画は、結局のところ『作って提出すること』を最優先にして考えられたものとなった。これまでのものとは、まったく別の観点から作られたものになる。なので、企画決定となった瞬間も、これまでのものと明らかに異なるものになった。

「あー、これで俺たちも卒業になるのか」

「だな！　安心してトレーニングに打ち込めるよ！」

「ちょっと、気が早くない？　まだ作ってもないのにさ」

　すでに終了ムードの漂う貫之《つらゆき》と火川《ひかわ》に、ナナコが突っ込む。

　意気込みとかやる気とかよりも先に、すでに荷物を下ろしかけた空気が漂っている。まさしく、異例の船出だった。

「これ、未定になってるとこがあるんやけど、ここはどうするん？」

シノアキが企画書を指さしながら、僕に問いかけた。

「今すぐには決められないけど、ロケハンとかしていくうちに書き入れていくよ」

「そっか、だったら安心やね〜」

安心した様子のシノアキの横で、河瀬川《かわせがわ》もホッと息をついていた。

「河瀬川も納得してくれた？」

「完全にってわけじゃないけどね」

そう言いながら、「まあでも」と言葉を挟むと、

「今回の企画内容なら、橋場《はしば》の言う決め方でいいと思う」

「……うん」

互いに納得したようにうなずく。

手元の企画書をパラパラとめくってみる。

前回の企画会議でも出した、大阪《おおさか》の観光案内映像。そこに多少のドラマ仕立てを入れたもので、正直なところ、目新しさも興味をひく内容も、そこにはない。

ただ、撮りやすさには配慮していて、主演はナナコで、カメラ役を相手に見立てての独り芝居に、ナレーションやテロップを重ねる形にしてある。全編ビデオ撮りで、15分程度の作品だから、ロケも1回か2回で終わるし、編集を含めても1週間程度でできあがるぐ

らいの目算だ。

(だけどまあ、おもしろくはない……よなあ)

企画を考えた本人が言うのはルール違反だ。それはわかっているけど、他に出てきた企画案と比べても、みんなのモチベーションから考えれば、この企画がもっとも「無難」だった。

総じて考えれば、これでよかったんだと思う。

「みんな、今日は集まってくれてありがとう。じゃあ、解散で」

全員で「お疲れさまでした～」と言って、会は無事に終了した。

それぞれ、部屋に戻ったり帰り支度をする中で、

「橋場《はしば》」

河瀬川《かわせがわ》がさっと近づいてきた。

「わかってるとは思うけど、気にしすぎないようにね」

「大丈夫、必要なことだから、こういうのも」

僕が何かグジグジと考えているのを見抜いていたんだろう。河瀬川には、何をやっても隠し通せる気がしなかった。

「それならいいけど。で、明日のことは聞いてる？」

話題を変えて、予定について確認してきた。

「16時にスペードだっけ。昨日、メール来てたよ」

明日、河瀬川と共に、めずらしい人間と会う約束をしていたのだった。といっても、珍獣的な意味ではもちろんない。

「何の用かしらね、九路田《くろだ》」

「さあ、ただの雑談で呼びつけるとは思わないけど」

あらたまって会うことがまずない、同回生の男だった。

◇

翌日。学内の喫茶店、スペードに来た僕と河瀬川は、すでに座っていた九路田と、その隣にいた斎川《さいかわ》を見て、おおよその内容を察した。

(アニメに関することなんだろうな)

斎川からも軽く話を聞いていたし、多分それに絡むことだろうなと思って席に着くと、

「まだるっこしい前置きはしないで話す。アニメの企画がなくなった」

九路田は、特に感慨がある風でもなく、淡々とそう告げたのだった。

「でも、どうしてそんないきなり……」

聞いた僕に、九路田はヒヒッといつものように笑うと、

「まあ簡単な話だ。カネが消えたんだよ。リーマン・ショックでな」

「あっ……」

僕と河瀬川《かわせがわ》は、揃《そろ》って声を漏らした。

「スポンサーだった企業が、あれで立ちゆかなくなってな」

九路田《くろだ》は、フンと鼻を鳴らして、状況を説明し始めた。

彼の立てたアニメ企画は、90分の劇場版アニメ映画を作るというものだった。これまでに作ったコネを活《い》かして各所に売り込んだ結果、パチンコを中心とした遊技場の経営をしている企業が興味を持ち、全面支援という形で出資してくれることになった。

形だけは委員会としているものの、出資はほぼ1社で固めており、しかも非上場のワンマン企業ということもあって、稟議《りんぎ》などはほぼないまま、社長の独断で進められた。

（いくら九路田が優秀でも、学生の出す企画に億を出す委員会なんてあり得ないって思ってたけど……）

そういう仕組みなら、理解できた。

「だが、それが全部ひっくり返った。社長は連絡がつかなくなり、毎月出ていた制作費も急に途絶えて、あっという間に企画は進まなくなった。なんとかして代わりになる企業を探してみたんだが、そんな酔狂なオーナー企業がこのご時世に見つかるわけもねえ。それで、すべておしまいってわけだ」

つい先日、委員会は解散が決まった。すでに制作部も解散し、九路田は事務所の片付けなどで奔走していると話した。

「出資者が現状の制作費を清算するって話になってるから、仮にやるとしても委員会から立ち上げ直しになるだろうな」

そこまで話が進んでるんだとしたら、たしかにもう終わりということだろう。

「こう言っちゃなんだが、今回の企画は順調そのものだった。キャストやメディア展開で揉《も》めることもなかったし、スポンサーの理解もあった。多少の小競り合いぐらいはあったが、企画全体への影響は軽微だった」

斎川《さいかわ》を始めとして、スタッフ編成も問題はなかった。ベテランのアニメスタッフに新人が作画を教わり、逆に最新の塗りやブームを新人が取り入れるなど、むしろ順調すぎるぐらいに物事は進んでいたという。

九路田はしかめっ面をして頭をかくと、

「俺のミスだな。カネを出す会社が偏れば、そこが必ずボトルネックになる。だから、なるべくリスクは分散しなければいけないんだが、飛んだとこの社長が企画に理解が深く、しかも決断が早かったから便利に使いすぎた。それに甘えたのが原因だ。勉強が足らなかった」

九路田はそう言って自分を責めるが、不運としか言いようがなかった。

教科書に載るレベルの金融事件が重なってしまったのでは、九路田《くろだ》の能力がどうこうという問題じゃない。単に、間が悪かったと言うほかはなかった。

(そういやリーマン・ショックの記憶は、持ってこられなかったんだよな)

僕は10年後の記憶を持ってこの世界に来ているけど、それは完全なものではなくて、部分的に消されたものも存在している。

特にわかりやすいのが大きな事件や自然災害などで、地震などは起こってから思い出すのが常だったし、今回のリーマン・ショックについても、ニュースを見てから、「そういやこの時期だったな」と振り返った形だった。

(大きな動静には、関われないようになっているんだろうな)

これからもきっと、そういうイベントは増えていくのだろう。

「で、わたしたちに話したのって、愚痴りたいだけじゃないんでしょ?」

河瀬川《かわせがわ》の言葉で、回想から話題へと戻る。

九路田は大きくうなずくと、

「ああ。それで、斎川《さいかわ》の手が完全に空いてしまったから、何か仕事はないかと思ってな」

「はいっ、そうなんです。わたし無職になりました!」

無職も何も、学生じゃないかと思うけど、まあそれはさておき。

「ミリオンソフトの手伝いも終わって、さあ次ってなったんですけど、じゃあ何やろうかなってなったときに、何も思いつかなかったんですね」

「あ、でも引き続き仕事してくれとか、そういうオファーはなかったの？」

「あったんですけど、仕事がつまんないっていうか、新しいことを全然やらない会社だったので、やらなくていいかなって」

大メーカーを前に、あっさりと言い切る斎川。大物イラストレーターになる片鱗《へんりん》が、すでにこのときから出ているように見える。

「そういうわけだから、もし可能なら、橋場《はしば》から仕事の紹介でもしてやってくれ。もちろん、可能な範囲でかまわない」

「うん、わかった」

シノアキの編集さんや、あとは貫之《つらゆき》にも少し相談してみよう。

「それで、九路田はどうするつもりなの？」

河瀬川の問いに、僕も九路田に顔を向ける。

「まあ、最初からやり直しだからな。今回の企画はいったん忘れて、考えてみる」

めずらしく、具体的なことが決まっていないようだった。

あれほどしっかりと取り組んでいた企画が、自分のおよばないところで頓挫したのだ。きっと内心では、落ち込んでいるに違いなかった。

「九路田さんなら、またきっとどこかのお金持ちをうまいこと騙《だま》して、でっかい企画を立てくれるって信じてますよ！」

斎川《さいかわ》が、いたずらっぽくそう言うと、

「うるせーな、お前は自分の仕事探しの方に集中してろ。企画ができたらまたすぐに声かけるからな」

「はいはい、企画ができたら行きますよ～」

2人のやり取りに、揃《そろ》って笑い合った。

◇

喫茶店での報告会が終わり、そこから特に何もなく、僕らは解散した。駅へ向かうバスに乗る九路田《くろだ》と斎川を見送ったあとで、

「普通は、このあとカラオケに行ったり飲みに行ったりするんでしょうけど、こんなドライなことしてる学生って、めずらしいのかもね」

河瀬川《かわせがわ》がふとつぶやいた。

「どうしたの、いきなり」

そんなことを彼女が言うのはめずらしかった。

「バイト先だとね、一般の大学生も来ているんだけど、みんな大学でどうしてるのって話

題になったら、大体出てくるのって遊びの話なのよ」

よくわかる。僕だって、元いた世界では一般大学に通っていたから、そういうものだろうな、と思う。

「でもわたしたちって、あまり縁がなかったわよね。もちろん、それが悪いなんて思ってはいないけど、違う世界に興味を持つのもおかしなこととは思わないわ」

「経験していないことだもんね」

逆に、僕は芸大生の生活というものに興味を持っていた。だから、今のような生活を送れてすごく新鮮で楽しいと思うけれど、河瀬川は今の生活しか知らないわけで、お互い様なのだろうなと思う。

「普通の大学に通ってたらどうなってたんだろうね。じゃ、僕もこれで」

河瀬川に背を向けて、芸坂を下りようと歩を進める。

しかし、１歩目を踏み出したところで、

「ちょっと」

帰ろうとした僕のうしろから、妙にドスのきいた彼女の声が聞こえた。

「貴方《あなた》、わたしを試してるの？　それともバカにしてる？」

振り返ると、怨霊でも取り憑《つ》いたかのようなジト目でこちらをにらんでいる。

「どういうこと……？」

おそるおそる聞き返してみると、

「今の話の流れからして、じゃあ飲みに行こうかってならないの⁉ ていうか、なんでわたしからこういうこと言わなきゃいけないの！」

怒濤《どとう》の勢いで、彼女は「飲みてえんだ、わかんだろ」という意味の言葉をぶつけまくってきた。

「ご、ごめん、気づかなくて」

実は気づいていた。というか、これは飲みのサインだろうなというのは、最初に話題を振ったときからなんとなくわかっていた。

でも、僕は気づかないフリをしていた。

理由は簡単だ。

（このノリで飲みに行くと、大体悪酔いするんだよな、河瀬川《かわせがわ》は）

つい先日もやらかしたばかりだけど、河瀬川はどうにもこの点については懲りることがない。あらゆる部分でしっかりしている彼女にはめずらしい、明確にダメな部分だ。

とはいえ、素面《しらふ》のときにちょっと説教じみたことを話したところ、それはそれで真剣に落ち込み始めたので、何も言えなくなったということもあった。

彼女には散々世話になっているから、それと差し引きでとらえてはいるものの、はっきり言って、とっても面倒な感じの女子となっていた。

「……で、そんなに行きたいの？」

答えのわかっている問いを投げかける。

「悪かったわね、行きたいわよ！　そんなアル中を見るような目で見ないでくれる？」

だってそうじゃないか、という言葉を飲み込んで、

「あのさ、じゃあ約束してくれる？」

「何をよ」

「飲み過ぎないこと」

「…………………」

河瀬川が黙った。

彼女は、努力目標というか、できないのにがんばる、みたいな言葉は言えない。だから、ここで言葉に詰まるということは、おそらく「飲み過ぎない」約束ができないということなのだろう。

なので河瀬川は、僕の問いには答えずに、

「さ、行くわよ。いつものとこでいいわよね？」

「ねえ！　お願いだからそこだけ約束してよ！　頼むよ！」

さっさと芸坂に向けて歩いて行く彼女を追いかけて、僕はしつこいぐらいにそう言い続けた。たぶん無駄なんだろうなと思いつつ。

◇

予想通り、僕の努力は今日も無駄になった。

「ふーっ、まあ、なんとかなりはしたかな」

せめて次からは、家の鍵を服の内ポケットに入れるのはやめて欲しいと切実に願うばかりだった。

おかげで、完全に酔い潰れた彼女の服をまさぐることになり、あれこれとめんどくさい言い訳を、目を覚ました彼女にすることとなった。

社会人になる頃には、この酒癖だけは改めて欲しいなと思う。心から。

「あの子と飲みに行く部下は苦労しそうだなあ」

どこかの世界には、僕がそうなる未来もあったのかもしれない。未来の世界では、僕が妻帯者だったこともあってサシ飲みはそうなかったけど。

やっとの思いで河瀬川《かわせがわ》を家に押し込め、シェアハウスに戻ってきたのはもう日が変わる直前になっていた。

「ただいま……」

玄関のドアを開けると、暗闇とシンと静まりかえった空間が出迎えた。

「あ、そっか、今日誰もいないんだっけ」

貫之《つらゆき》は東京《とうきょう》で打ち合わせ、ナナコは動画撮影も兼ねての帰省、シノアキはイラストレーターの友人の家にお絵かき合宿で、きれいに全員が留守だった。

居間の電灯をつけると、見慣れた光景が広がった。

だけど、そこには人はいない。１年ほど前には、必ず誰かが居間にいて、他の部屋からも物音が聞こえていた。

ここ最近は、こんな誰もいない日が何度もあるようになった。

「嬉《うれ》しいこと、なんだけどな」

みんながそれぞれの活動をするようになったということだ。そうなるように願って行動したのも僕自身なのだから、今のこの光景は、おかしくもなんともない。

望むべき姿が、ここにあるだけなんだ。

ちょうど、貫之が新人賞を取った頃。学祭が終わり、動画対決も終了したときにも、こんな体験をした。だけどあのときはまだ、一時的なものだった。みんなの活動もこの場所が起点だったし、みんなで揃《そろ》うことも多かった。

今やっと、それが本当の終わりに近づいたのだと思う。

男女混合でのシェアハウス。最初はどんな環境だよと不安になったことも、今となってはいい思い出になった。

「もうじき、みんなも出ていくんだろうな」

貫之《つらゆき》はおそらく関東の方に戻るんだろう。ナナコやシノアキはどうするかわからないけど、シェアハウスにずっと居続けるというのは現実味がない。

卒業。その言葉にもまだ、実感は湧いてこなかった。

2階への階段を上り、自分の部屋へと入る。

6畳間には、ベッドと小さな机、そして本棚以外には、特に目立ったものは置いていない。丸3年の生活で、ここには私物を増やさないように気をつけていた。もし仮に出ていくことがあったとしても、身軽に動けるようにするためだった。

でも今は、こんな殺風景な部屋にも、多少なりとも愛着が湧くようになった。ここに戻ってくると、落ち着いて物を考えることができる。いつの間にか、そんな空間へと変わりつつあった。

椅子に腰掛けて、PCの電源を入れる。

今日は外も静かだ。学生の街だけあって、普段は外で誰かが飲み会をしていることが多かった。これだけ静まりかえっているのは、何かの巡り合わせのような気さえしていた。

音のない部屋。かすかに聞こえるPCのモーター音以外には、自分の呼吸音しかしない空間。ジッとしていると、何か不思議な感覚が自分の中に入り込んでくる。

押し込められるような、それでいて、もがいても何もつかめないような。

「孤独、なのかな」

先生が示してくれた言葉をそのまま使うなら、そうなのだろうなと思う。

プロデューサーは孤独。僕はまだ、その仕事の入口にすら立っていないけれど、先にその作用というか、片鱗《へんりん》は味わっているのかもしれない。

「僕だけじゃないけど、ね」

プラチナのみんなにしたって、ものを作っているときは孤独だ。これまでも、そのつらさを何度も見てきたし、共に感じてもきた。

でも、唯一違う点としては、彼らは常に作り続けることによって、その感覚を外に追いやることができる。プロデューサーにはそれが難しい。絶えず違う企画を扱い、忙しくすることはできたとしても、役割上、必ずそこに「凪《なぎ》」の時間がやってくる。

その何もない時間に、孤独は襲いかかる。

代わり映えのしない天井を見つめながら、ついさっきまでいた同回生のことを思う。

「河瀬川《かわせがわ》も、そうなのかもしれないな……」

元々ディレクター志望だった彼女は、次第にその軸足を、制作側へと移しつつあった。

頭の良い彼女は、僕よりも早く自分の能力を知り、ある意味見限ってそちらへと進もうとしていた。

でも、頭で理解するのと心で理解するのとは別の話だ。彼女の中ではまだきっと葛藤があって、それがお酒を飲んだときに出てくるのだろう、と思っている。

彼女の中では、一般の大学生がするような飲み会もカラオケも、実はそんなに興味はないのだろう。ただ、それが自分の中にないから、求めるだけなんだ。

「……そういや」

河瀬川《かわせがわ》のことを思い出したら、不思議な感覚が湧いてきた。

昔のことだ。

いや、今現在のことだけど、すごく昔のことだ。

13年前。僕が最初の大学を選んだとき。京都《きょうと》の郊外にある、そこそこ有名な私大の、経済学部。そこでの大学生活を思い出した。

あそこでの生活は、まさに絵に描いたような『普通の大学生活』だった。勉強もそこそこに、サークル活動やバイトに精を出し、3回生になる頃には就職活動を始めていた。

「みんな、どうしてるんだろうな」

あの大学でできた友人たちは、今どうしているのだろうか。ふと気になった。

調べる方法はもちろんわかっていた。だって、その頃に僕はその場にいたのだから、彼らの動向を知る方法なんて、いくらでもあったから。

未《いま》だに覚えている手つきで、手早くＵＲＬを打ち込む。

「えっと、サークルのサイトと、ＳＮＳのグループと……あった」

エンターキーを押すと、目の前の画面いっぱいに、記憶の片隅に置いてあったウェブサイトのトップページが広がった。

「わ、これだよ、これだっ」

広告研究会。僕が前の大学の頃に入っていたサークルだ。

様々な広告、コマーシャルを研究しようという、就職対策も含めたサークルだった。けれど、美研と同じように、僕が入った早々に潰れかけてしまっていた。

なので、同回生の友人の2人でいろんな企画を立てて盛り上げ、部員を増やすことに成功した。このサイトも、その盛り上げの一環で、手作業で作ったものだった。

「たしかこれ、早川《はやかわ》が作ってくれたのに僕が手を加えて……」

前の大学時代に、もっとも仲の良かった友人。そいつと2人で必死にコードを覚えて作ったのを思い出す。

もちろんこの世界では、僕の関わった部分はすべてなくなっているか、別のものに差し替わっていた。特に、サイトのコンテンツにおいてはそれが顕著だった。

「結構、違ってる所も多いんだな。あまりコーナーも充実してないし……」

就職対策用にと整備した各代理店の紹介もカタログ的で簡素だったし、僕が始めて、そこそこ人気になった『名広告《めいこうこく》１００選《ひゃくせん》』は影も形もなかった。

思い出と違和感が入り交じる、不思議な感覚が僕の中を支配した。

やはり、時間を巻き戻して人生をやり直したのはたしかなことだった。元いた世界との差異を知ることで、それを実感したのは皮肉な話だ。

「他には……そうだ、日記だ」

みんなで交代で書いていたブログ。なんだかんだでサボる人間が続出し、僕が半分ぐらい書いていたものだけど、この世界では、ほどほどに分担して書いているようだった。

見覚えのある名前と記事が並んでいる。ほぼ記憶のままのものもあった。

「みゆっちバイトの面接落ちたって言ってた頃かー。サガラ、付き合ってすぐだからノロケがすごいなあ」

それぞれのプロフィールと、そこから飛べる日記を読み、3年前からのイベントをひとつひとつ、追ってたどり始めたところで、

「えっ……」

急に、我に返った。

「どうしたんだ、僕は……」

開いていたブラウザのタブを一斉に閉じ、履歴からもURLを消した。

変わらずシンと静まりかえった部屋の中で、僕の荒い呼吸音だけが響いていた。全身から汗がにじみ出した。暑さだけが、その理由ではなかった。

「なんで、なんでこんなに」

その感情が、ここで出てきたことが信じられなかった。

おそるおそる、その湧き出た感情をたどる。

「懐かしいって、思ったんだろう」

以前に、同じようにふと思い出した美少女ゲームメーカーでの思い出と同様に、前に通っていた大学の思い出は、さして強いものではなく、今の芸大での生活に比べると、無駄に過ごしてしまった印象の強い４年間だった。

なので、これまでの芸大生活の中で、その期間の思い出を夢に見ることなんてまったくなかったし、当然、思い出してしんみりするようなこともなかった。だから、こうやって自分で検索し、懐かしんでいる思い出が、言いようもなく、

――恐ろしかった。

「どうしてなんだろう……こんな」

こんな感情を持つなんて、思いも寄らなかった。

別に自分の中で禁忌にしていたわけじゃない。きっかけを得たから、河瀬川《かわせがわ》がそんなことを話していたから、別にそんな危惧するようなことじゃないのかもしれない。

でも、僕は恐《こわ》かった。３年間、醒《さ》めない夢の中にいたのが、急に現実が大きくなり始めたような、そんな感覚が起き上がってきた。以前、急に職場のことを良い夢として見たことも含め、不安が募っていた。

そもそも、僕の今いるこの現実にしたって、いとも簡単に変わってしまうことは、かつて2018年の世界に飛ばされたことで証明済みだ。

しかも恐ろしいことに、飛んで戻ってきたという記憶はあるのに、その瞬間や、何に、誰によって行って戻ってきたかについては、モヤがかかったように思い出せなかった。そんな都合良く忘れるとも思えないから、何らかの操作をされたのだろう。

また、あんなことが起きるんじゃないだろうか。

「この思い出が、その前兆とかじゃ」

甘美で温かな懐かしさが、急に恐ろしく思えたのは、僕のそんな経験と記憶によるものだった。

PCの電源を落として、押し入れの方へと向かった。

道に迷う度に、意志が弱くなる度に、見返していた自分の道標《みちしるべ》。ふすまを開けると、それらはまだしっかりと残されていた。

無数に貼られた付箋の山も、いつしか達成済みのものが増えた。みんなが独り立ちし、自分の道を歩き出した今、残された未達成の付箋は、ただ1つを残すのみになっていた。

『みんなで最高の作品を作り上げる』

何度目だろうか。手にしたその付箋は、元々の色味があせてきて、ペンで書いた文字も若干のかすれが目立つようになってきた。

書かれた目的そのものも、時間が経《た》つにつれ、実現させるために何が必要かという現実的な問題が可視化されるようになり、困難であることがわかってきた。

それでも、僕はあきらめない。

だって、もうすぐじゃないか。すぐそこに、実現できる環境があるはずじゃないか。

「足りないのは、僕だけだ」

僕がもっと死に物狂いであがいて、つかみ取れば。

この目標は、夢では終わらないはずだ。

大きく息をついて、再び付箋を貼り付けて、ふすまを閉めた。

まだ見ぬその作品を完成させ、この手に持ったそのとき。

僕のこの長い制作は、完了するのかもと思った。

◇

「パイセーン！　こっちです、こっち〜!!」

環状線の玉造《たまつくり》駅を降りて、改札を通ってすぐ、竹那珂《たけなか》さんの元気な声が僕の耳に届いてきた。

今日は卒業制作の撮影準備で、大阪《おおさか》市内にロケハンに来ていた。ほとんどのメンバーとは喜志《きし》駅で待ち合わせをして来たのだけど、彼女だけが先乗りで現地に入っていたので、みんなを出迎える形になったのだった。

「竹那珂《たけなか》さん、お疲れさま」

「いえいえ～！　先輩方もみなさんお疲れさまでした！」

深々とお辞儀をする彼女に、ナナコが不思議そうな顔で、

「でもどうして、2回生のタケナカちゃんがロケハンに来てるの？」

「そうやね～、言われてみればなんでやろね」

シノアキ共々、浮かんで当然の疑問が湧いたようだった。

「それはですね～、平たく言えばタケナカがヒマしてるとこに、パイセンからロケハンの話を聞いたので、後学のためと思いましてお手伝いを申し出たわけなんですね!!」

「マジか！　すげー勉強熱心なんだな、竹那珂は！」

火川《ひかわ》がびっくりしたように言うと、河瀬川《かわせがわ》がいつものジト目で、

「そう言って、橋場《はしば》といっしょにいたいってのもあるんでしょ、この子のことだから」

「ヒッ、河瀬川先輩さすがっすね！　実のところそっちが7で勉強は3ぐらいっす！」

「そこは逆にしといてよ、さすがに……」

ため息交じりに言うと、真横ではナナコが、

「…………そっか～」

河瀬川とタメを張るぐらいのジト目で僕をぶっ刺してきた。どうしてこう、集団で外に出る度にチクチクやられなきゃいけないんだ！

（……大体、僕が悪いんだろうな）

文句を言おうものなら、河瀬川英子《えいこ》さんから理路整然と経緯説明がなされそうで、僕はただ黙って耐えることしかできなかった。

「じゃ、とりあえず行ってみようぜ、混んだりしたら資料写真も撮れないしな」

貫之《つらゆき》がいいタイミングで声をかけてくれて、

「ですねですね、行きましょ〜！」

竹那珂さんがそれに乗って、僕らは目的地へと向かうことにした。

◇

大阪《おおさか》という街は、歴史上様々な事件や戦争の舞台となっただけあって、そこかしこに史跡が多く残されている。しかも、古代から中世、近代に至るまで時代ごとに存在するので、ある程度は絞り込みをしないと紹介しきれないほどだ。

「着いたね、ここだ」

駅から歩いて数分のところにあるこの史跡も、その有名な場所の１つだ。ビルの建ち並ぶ街中に、森に囲まれた神社があり、その中には堂々とした武将の銅像が建っている。

歴史好きな人には超有名な、説明不要とも言える場所だった。

だけど、その辺に興味がない人にとってはもちろん謎の場所で、

「ここって有名な場所なの？　あたしよく知らないんだけど……」

ナナコは、ここが何の場所なのかまったくわかっていない様子だった。

さすがに貫之《つらゆき》は知っているようで、ため息交じりに、

「豊臣秀吉《とよとみひでよし》と徳川家康《とくがわいえやす》ぐらいは知ってるだろ？」

「ばっ、バカにしないでよ、さすがにわかるわよ。あたしの故郷はほら、井伊《いい》家のお殿様がいたところなんだからね！」

ナナコの生まれ故郷である彦根《ひこね》は、徳川の家臣の中でも筆頭と言っていい譜代大名だった井伊家のお膝元だ。さすがに地元のことはよく知っている。

「じゃ、その秀吉の子と家康が戦ったってのはわかるか？」

「な、なんとなくは……」

目をそらしながら、自信なげに答えるナナコ。貫之は苦笑すると、

「大坂の陣っていう戦いがあったんだよ。で、その際に豊臣側が築いた出城っていうのが、この真田丸《さなだまる》なんだ」

「へ、へえ〜、そうなんだ」

わからないながらも、感心した様子のナナコ。その横で、竹那珂《たけなか》さんは目をキラキラさせながら、

「真田信繁《さなだのぶしげ》ですね！　一般的には幸村《ゆきむら》の方が有名ですけど、このお城で徳川の大軍を見事に退けたんですよ〜！」

「おっ、竹那珂さんは歴史わかる系か？」

「はいっ、結構好きで、松代《まつしろ》にも行ったことがあるんですよ〜」

「やべえ、それは本物だな！　じゃあ浪人衆の話をだな……」

乗ってきた貫之と共に、後藤又兵衛《ごとうまたべえ》がどうとか、毛利勝永《もうりかつなが》はもっと評価されていいとか言い出した。どうやら歴女だったらしい。

「そんな有名なとこやったんやね〜」

カメラを構えながら、シノアキもふむふむとうなずいている。どうやら彼女も、ナナコと同じ程度の認識だったようだ。

「俺はもちろん知ってるぞ！　真田と言えば忍者にも縁があるからな！」

火川《ひかわ》は時代物の劇なんかもやってたし、普通に知識がありそうだ。

とはいえ、一般的な知識からすれば、せいぜい真田幸村という名前を聞いたことがあるという程度なのは間違いないようだった。

（数年も経《た》てば、ドラマ化で脚光を浴びるんだけどな）

２００９年の段階では、これぐらいの認識でもしょうがないのかもしれない。

「今日はこのあと、どこを回る予定なの？」

河瀬川《かわせがわ》が尋ねてきたので、予定表を開いた。

「ええと、このあとは大阪城《おおさか》に行って、その後は万博公園《ばんぱくこうえん》、午後からは湾岸の方へ向かって工業地帯の……」

順を追って、撮影のスケジュールについて説明する。

時間と場所を伝えていくと、そこでの疑問点を河瀬川が的確に示してくれる。こうすることによって、僕の認識では穴になっていた箇所が、きれいに埋まっていく。

（ずっとこうやって、作ってきたんだよなあ）

多少の変動はあっても、ずっとこのチームでものを作ってきた。そしていつしか河瀬川は、自然と僕のサポートをしてくれるようになった。彼女のおかげで未然に防げたミスもたくさんあるし、時間のないときなどは、それを前提で予定を組んだりもした。

彼女だけじゃない。貫之《つらゆき》、ナナコ、そしてシノアキの能力を頼りにし、サポートとしての火川《ひかわ》や、途中からは斎川《さいかわ》の力もたくさん借りた。

今回の作品は、その内容も規模もずっとずっと小さいけれど、この形態で作るものとしては、ある意味、意義のあるものになるのかもしれない。

（最後の想い出《おもで》作り、だな）

そんなことを考えるなんて、これまでまったく思わなかったけど。

卒業を目前にすると、こんなことも考えるようになるんだなと、少しばかり感心にも近い感覚を覚えていた。

「ねえ、橋場《はしば》」

河瀬川の声に、ハッと呼び戻される。

「あっ、ご、ごめん、ちょっとボーッとしてた。何？」

彼女はため息をつくと、

「また考えごと？　最近本当に多いけど、大丈夫なの、貴方《あなた》は」

想い出に浸っていて、なんて言うとかえって心配をかけるかもと思ったので、

「なんでもないよ、ほんとに」

笑ってそう返した。

「そう。どうにかできる範囲のことならば協力もするから、ちゃんと言ってよね」

まったくもってありがたい話だった。

河瀬川に隠しごとはしない、と決めているけれど、話しても彼女を困らせるだけのことは、最低限のこととして言わないようにしている。

今のように、悩んでいるとかいうわけでもなく、なんとなく訪れた寂寥《せきりょう》感みたいなものをいちいち報告していては、彼女もどう対応していいのかわからないだろう。

「ほら、そろそろシノアキの撮影も終わりそうよ」

「そうだね、移動しなきゃ」

荷物を持って、河瀬川《かわせがわ》と共に歩き始めた。

夏の暑い盛りだ。撮影機材や資料の入った重いバッグを担いで歩くと、汗が滝のように噴き出てくる。

でも、そんな不快感を伴うことでも、動いているというのはいいことだった。身体《からだ》と心は繋《つな》がっている。そんな基本的なことを、僕はこの学生生活で学んでいた。

悩むより先に、作る。

それによって、僕はここまでやってこられた。きっと、学生生活だけじゃなく、他のことについてもそうなのだろう。

「作ること……か」

ふと、思ってしまった。

あの企画。あの作品を作ることができたら。

(ミスティック・クロックワーク……)

今の僕がもっとも必要としているのは、やはりあの作品なのかもしれなかった。

でも、今ではまだ絵に描いた餅にすぎない。企画自体は少しずつ進めているものの、そこからの進展はなかった。

発表できる場も媒体もないものに、そうそう注力はできないし、先に進めることもできやしない。

形容しがたい、何かぼんやりとした空白があった。でもそれが何かは、今の僕にはわかりようがなかった。

◇

予定通り、ロケハンは大阪城《おおさか》から大きく西に回る形で市内を移動し、南港《なんこう》の辺りでとりあえずは終了することにした。

何かのメモをとりながら、考えている貫之《つらゆき》に声をかける。

「どうかな貫之、流れは組めそう？」

「そうだな、シーンごとの繋がりも組めたし、大まかな台詞《せりふ》も出てきてるから……まあ、なんとかなるだろ」

歯切れの良い回答ではなかったけれど、進行はできそうだった。

「恭也《きょうや》くん、撮影の時期はいつ頃になりそうなん？」

シノアキの問いに、スケジュール表を開いた。

「7月になりそうかな。シノアキやナナコのスケジュール次第だけど」

「あたしは大丈夫。でも、後半になるとちょっと忙しくなっちゃうかな」

「わたしも、後半はきびしいかもしれんねえ」

制作中心にスケジュールを回していたのも昔の話だ。今はもう、彼女たちのスケジュールをメインにして調整をかけなければいけない。

シナリオにしたって、貫之《つらゆき》がすべて書ける保証はないわけで、そうなると、プロットと執筆は分けて考えた方がいいのかもしれない。

(そういう調整なら、ずっとやってきてたわけだしな)

気乗りはしないけれど、僕の役割としてそれが最適なら、それをやるまでだ。

「じゃ、今日はこれで終わりにしよっか。お疲れさま」

解散を告げ、みんなでぞろぞろと駅の方へと歩いて行く。以前、さゆりさんに車に乗せられて、この辺で置き去りにされたのを思い出す。駅がちょうどすぐ近くにあったからよかったけれど、なかったらかなりの距離を歩かなければいけなかった。

そんな、懐かしい思い出に少しばかり浸っていると、

「パイセン、明日ってバイトのシフト入ってますよね？」

そっと、竹那珂《たけなか》さんが聞いてきた。

「うん、そうだけど。そろそろ、仕事があるといいんだけどね」

ここ最近、プロジェクトが停滞していることもあって、僕ら2人は他のチームのデバッ

グぐらいしか、やることがない状態だった。

「ほんとそうですよ～！　そのせいで、ずっとタケナカはこの身体《からだ》を持て余し気味で、だからこうやってパイセンにウザ絡みしてるんですからっ！」

「微妙に誤解を招きそうな表現はやめなさい！」

身体を持て余すとか、ナナコや河瀬川《かわせがわ》が聞いたらめんどくさいことになりそうだ。

「まあでも、このままじゃ竹那珂さんの無駄遣いだもんな」

彼女は今更言うまでもなく優秀だ。絵も描けるしデザインワークもできる強力なスタッフなのに、会社がその素養を生かし切れていない。待機、もしくはデバッグ作業が続き、明らかにリソースの無駄遣いになっている。

今日だって、それでヒマを持て余していたから、気分転換に誘ったようなものだ。様子を見るに、空気の入れ換えにはなったようだけど。

「明日で動きがなかったら、堀井《ほりい》さんに相談してみようか」

「しましょう！　そうしましょう！　タケナカ、できることがありましたらなんでもやりますからっ！」

「聞くだけだよ、まだそれ以上は何もわからないんだからね」

もう解決したかのような竹那珂さんの口調を、とりあえずは抑えておいた。

堀井さんは、ここ最近ずっと僕らには話しかけてこようとせず、ずっとどこかと電話していたり、会議に出席していたりと忙しそうだった。

（こっちから話しかけるの、ちょっと気が引けるんだよな）

少し前までは、僕らと話したりランチに行ったりもしてたけど、それもなくなった。

明日、話せる機会があるかどうか、それがちょっと気がかりだった。

◇

みんなと別れて、シェアハウスに戻ってきたのは19時を過ぎた頃だった。大学周辺とはアクセスの悪い南港《なんこう》からだと、どうしても乗り継ぎでこの時間になってしまう。

ついでなので、ごはんも駅前で軽く済ませてきた。

「じゃ、俺は家に戻るわ。おつかれ」

貫之《つらゆき》は仕事場ではなく、自宅に戻っていった。シノアキとナナコも、今日は軽めの作業にして休むと言って、「おやすみ～」と部屋へ戻っていった。

僕はといえば、部屋に戻ってからやることがまだ残っていた。

今日、シノアキに撮ってもらったロケハン用の写真の整理。貫之たちに聞いた予定を元にしたスケジュールの調整。機材の確保。やることは山積みだった。

それに加えて、少しずつ進めていた企画の件もあった。いつかみんなでという意気込みで進めていたけれど、このままモチベーションが下がっていくぐらいなら、一度何かの形で見てもらうなりした方がいいのかもしれない。

「明日、堀井《ほりい》さんに見てもらおうかな……」

プロの目で企画書を見てもらって、それから手を入れていくということでもいいのかもしれない。その方が、調整するにも闇雲にならなくていい。

少しずつでも具体化していこう。そうすれば、多少は今よりも迷いが晴れるかもしれないから。

ファイルを開き、キーボードに向かおうとした瞬間、

「あれ……電話だ」

携帯から電子音が鳴り響き、ウインドウに名前が表示された。

まさに今口に出していた堀井さんだった。

「めずらしいな、携帯になんて」

会社で顔を合わせることが多かったのもあるけれど、電話がかかってくるのはめったにないことだった。

「堀井さん、ちょうどよかったです。話した――」

通話ボタンを押し、話そうとしたところで、

「橋場《はしば》くん？　ああよかった、繋《つな》がって。ちょっと急ぎで話があるんだ」

焦ったような声の堀井《ほりい》さんから、さえぎられてしまった。

「えっ……何でしょうか」

トーンは真剣そのもので、明らかにいつもと違う様子だった。

どういうことだろう。企画のことを考えていた脳は強制的にモードを切り替えられ、不穏な空気でいっぱいになった。

「まだ確認中のことも多いし、何よりいい話じゃないから、絶対に他言無用でお願いしたい。いいね？」

「は、はい」

こんなに、張り詰めたような言い方をする堀井さんは初めてだった。

電話の向こうで、スーッと息を吸う音が聞こえた後、

「茉平《まつひら》くんが――失踪したんだ」

堀井さんは、驚くべきことを告げた。

「ま、茉平さんが……っ？」

「心当たりとかは、ないね？」

少し前に、彼とは話したばかりだけど、別にそこで知った情報などはなかった。

なのでそのように伝えると、

「そうか……わかった」

堀井さんはそう言って、

「くわしいことは明日伝えたいから、いつもより早めに出てきて欲しい」

いつもよりも早い出社時間を告げ、他にも連絡しなきゃいけないからと言って電話はそのまま切れた。

ツー、ツーと音のする携帯を眺めて、僕は思わずつぶやいた。

「どういう……ことだろう」

茉平さんがいなくなった。

仮に事件性があるものなら、僕になんか伝えたりしないと思うので、生命の危機にあるとかいう話じゃないのだろうけど、堀井さんの切迫した様子を見る限り、安穏とした話でもなさそうだった。

やはり、上層部との軋轢《あつれき》が何かに繋《つな》がったのだろうか。今にして思えば、カフェで話したときも様子はおかしかった。

なぜ、あのタイミングで僕と話をしたのか。趣味の話をあらたまってするなんて妙だったし、それに、最後に言い残したあの言葉も。

『これから何があったとしても、ゲームを……好きでいて欲しいんだ』

それが、彼の失踪を示唆していたのだとしたら、悲しすぎる。

「何があったんだよ……茉平さん」

色々、やろうとしていたことが一気に吹き飛んでしまった。最後、会ったときに何を話していたのか、どういうことを考えていたのか。

別れる間際、とてもさみしそうな顔をしたのと、そして、去っていく後ろ姿から目が離せなかったこと。

今思えば、これこそが予感だったのかもしれない。

進めていたプロジェクトはどうなるのだろう。茉平《まつひら》さんの去就はどうなるのだろう。そして、僕や竹那珂《たけなか》さんは今後、どうなっていくのだろう。

僕を取り巻く環境は、このたった1回の電話で、大きく転換することになった。

翌日の朝。気になってほとんど眠れない中、僕はサクシードへと出社をした。

「おはようござ……」

開発部のドアを開けてすぐ、そこがもう日常とは違うことに気づかされた。

いつもは机に向かって作業をしているはずの人たちが、みな立ち上がり、３～４人のグループになって何か深刻そうな話をしている。１人で座っている人も多少はいるものの、作業が手につかない様子で黙り込んでいる状態だった。

間違いなく、茉平さんの件によるものだろう。

「あ、橋場《はしば》くん、こっち！」

堀井《ほりい》さんの声が聞こえ、そちらの方を見る。

「パイセン！　おはようございます……！」

面談用の小部屋のところで、堀井さんと、そして竹那珂さんの姿が見えた。急ぎ近くへと駆け寄ると、

「あまりおおっぴらにする話でもないから、こっちへ」

中に入るように言われて、僕と竹那珂さんはあわててそのようにした。

入って早々、堀井《ほりい》さんは部屋に鍵をかけ、周りに誰もいないことを確認したのち、僕らに座るよううながし、自分もその正面へと座った。

そして、大きなため息と共に、

「茉平《まつひら》くんが会社を辞めたんだ。それも、かなり強引な方法でね」

「え、じゃあ失踪っていうのは、その絡みで……」

僕の言葉に、堀井さんはうなずいて、

「ああ、辞表と共に連絡が完全につかなくなった。一人暮らしをしてたそうだけど、そこもすでに引っ越したあとだったそうだ」

絶句する僕と竹那珂《たけなか》さんに、堀井さんは経緯を話し始めた。

「茉平くんのプロジェクトについて、上層部とはずっと折り合いがつかなかったんだけど、それが行き着くところまで行ってしまってね」

元々、その開発の進め方やスケジュールの点で、彼は上層部と対立を続けていた。

それでもなんとかお互い納得できるラインを見つけようとしていたのだけど、今年に入ってから、一気に関係が悪化したとのことだった。

「何があったんですか……？」

堀井さんは首を振って、つらそうな表情を浮かべた。

「社長の介入があったんだ。知っていると思うけど、彼の父親だね」

茉平さんの父、現社長の忠広《ただひろ》氏は、サクシードを一代で大きくした創業者だった。

圧倒的なカリスマ性と指導力、そしてゲームに関する目利きがすぐれていて、自身はクリエイターではないものの、優秀なスタッフを次々と発掘し、できたものを最も良い形で売ることで会社を発展させてきた。

美少女ゲームメーカーから、一般のコンシューマーゲームメーカーに転じたのも、彼の判断によるものらしい。

「わかりやすく言うと、ヒロさん……忠広さんのやり方は飴《あめ》と鞭《むち》を使った根性論ベースで、スマートなやり方とは完全に逆だった」

それが、未成熟な業界や企業にはフィットしたのか、ここまでサクシードはさしたる問題もなく成長を続けてきた。

息子である康《こう》さんも優秀で、忠広氏にとっては自慢の種だったという。

しかし。

「康くんはことごとく、社長のやり方に反対してね。特に、仕事をする環境については、１歩も譲ろうとしなかった」

家では相当な言い争いになったらしいが、それでもまだ、家庭の中で収まっている話だったので、大きな問題にならずに済んでいた。

だが、康さんがサクシードの仕事に関わるようになってからは、その争いの場は会社へと移されることになった。

「お互いにプライドも信念もあるから譲らなくてね。社長も相当、腹に据えかねていたようだけど、康《こう》くんが優秀であることには違いなかったから、ある程度は好きにさせていた部分もあったらしい」

それが、ついに堪忍袋の緒が切れ、康さんをプロジェクトから外すということを決めたのだという。

「ずっとゲームが好きで、開発にいた康くんを、いきなり経理部へ移すことになってね。もちろん、将来的に経営者にさせるには金勘定を知るのはいいことだけど、それにしてもあからさまだねって話をしていたんだ」

あまりにもつらい決定だっただろう。ずっと自分で考えて進めてきた企画を奪われた上に、まったくの畑違いの部署へ移される。その心中を思うと、胸が痛む。

「その異動の話って、本人に伝えられたのっていつのことですか？」

思わず聞いた僕に、堀井《ほりい》さんは少し思い出すようにして、

「先月の初め……ぐらいだったかな、たしか」

それで、僕の中で欠けていた要素が当てはまったような気がした。

（僕とカフェで会った、あの直前だ）

やっぱり、あのときの茉平《まつひら》さんの言葉には、理由があったんだ。

もし、違和感をきちんと口に出せていたら。何かあったんですかの一言だけでも言えていたら、もしかしたら。

（いや、何も変わらなかったのかもな）

茉平さんは強い意志を持った人だ。僕が何かを言ったところで、すでにあのとき、やることをすべて決めていたように思う。

でも、あの意味深な言葉を残したことで、僕から何か言うべきだったんじゃないか、そんな悔いが残ってしまった。

「康くんのことは残念だけど、僕らにとっては、それ以上に考えなければいけない問題があるんだ」

堀井さんは、さらに険しい表情になった。

「康くんと共に、10人の社員が会社を辞めた。みんな、彼の企画の主要メンバーばかりで、開発室でもメイン級のスタッフばかりだ」

「結構……多いですね」

サクシードの社員数はかなりの人数がいるから、その中の10人となると少数に聞こえるけど、花形である開発でメイン級ばかりとなると、かなり痛手になるはずだ。

「社長は今回の騒動を収めるため、情報を集めようとしている。飼い犬に手を噛《か》まれたようなものだからね。康くんはともかく、社員がこれだけ離脱したことについて、かなり不信感が増しているみたいだ。それで……」

そこで堀井《ほりい》さんは一度言葉を切り、ため息をついた。

「アルバイトを含めた全社員への面談をすることになった」

「えっ、全員……ですか」

「うん。拒否することは許されないそうだ」

社員に向けてならまだわかるけれど、アルバイトも含めてとなると尋常じゃない。

社長の負担も大きいだろうけど、それにもかかわらず断行するからには、よほど今回の件が重要ととらえているのだろう。

「この面談は、康《こう》くんに近い人間にとっておそらく厄介なものになる。あれこれと詮索されるだろうし、聞きたくないことを聞かされるかもしれない」

「茉平《まつひら》さんと直接関わっていた僕たちは、厳しい内容になるでしょうね」

僕の言葉に、堀井さんはうなずいた。

そして深々と頭を下げると、

「採用した立場で言うのも本当に申し訳ないけれど、橋場《はしば》くんと竹那珂《たけなか》さんは、もうサクシードを辞めた方がいい。もはや僕の立場ではどうすることもできないし、これ以上バイトを続けても、嫌な思いをさせるだけだ」

堀井さんから、まさかこんな言葉を聞くとは思わなかった。

「そんな……」

いつもはあんなににぎやかで明るい竹那珂さんでさえ、堀井さんの姿に一言だけつぶやいたあと、言葉を失った。僕も、どう言葉をかけたらいいのかすらわからなかった。

（落ち着いて考えないとな……）

事態があまりに動いたので、まずは状況を整理することにした。

茉平さんが、失踪同然の状態で会社を辞めた。

それに呼応して、プロジェクトのメインを張る重要な開発スタッフも辞めた。

息子の離脱と、社員の反乱。立て続けに起こった部下の問題に、社長は原因究明のために動こうとしている。

そんな社内のもめごとに巻き込ませたくないと、堀井さんは僕たちに、バイトを辞めた方がいいと勧めてくれている。これまでの堀井さんの言動を思い返すに、僕らのことを思いやっての言葉なのは間違いないだろう。

少し、考えた。横では、不安そうな表情の竹那珂さんが僕を見ている。きっと彼女は、僕の行動次第で自分の行く道も決めるのだろうと思う。

それもすべて含めて、僕は言った。

「お気遣い、ありがとうございます。でも、僕は……バイトを続けます」

堀井さんの表情が驚きに変わった。

「どうして、嫌な思いをするかもしれないよ」

「かもしれません。でも、僕は……」

続く言葉を言う前に、一瞬、茉平《まつひら》さんの顔が思い浮かんだ。

「ゲームが好きだからです。だから僕は、ここにいたいんです」

堀井《ほりい》さんの言う通り、このままこの会社にいたら、嫌な思いをする可能性は高い。

だけど、ここを辞めてしまえば、最先端でゲームの開発に関われる機会はなくなってしまう。また最初から、ルートを探さなくてはならない。

それなら、何よりもまず社長の話を聞いてからでも遅くはない。その上でどうしても辞めた方がいいのならば、その判断をすればいいのだから。

僕はそんな考えを、堀井さんに伝えた。

「そうだね、僕が他のメーカーを紹介したとしても、都合良く空きがあるかわからないし、機会を優先するのならそれがいいと思う」

一定の理解はしてもらえたようだった。

「わ、わたしもパイセ……橋場《はしば》さんと同じくです！　バイト、続けます！」

竹那珂《たけなか》さんも、元気よく手を挙げて僕に賛成した。即答すぎたのか、堀井さんは心配そうに彼女を見やりながら、

「……いいのかい、本当に？」

「いいんです！　だってわたし、まだここで何もできていないんで……それが達成できるまでは、辞めたくないんです！」

竹那珂さんから、以前に聞いた話を思い出していた。

父親からの課題。自分の作品であると言える何かを出すということ。茉平さんのプロジェクトが動いていればその達成も近かったけれど、それが限りなく難しくなっている以上、他の何かを掴《つか》みたいという気持ちは、痛いほどわかった。

彼女もまた、偶然にも父との因縁を抱えて必死だったんだ。

「うーん………わかった」

堀井さんは腕組みをして考えていたが、

「2人のことはその形で通しておくよ。あと、面談の際は責任者として僕も同席することになると思う。かまわないかい？」

「むしろ、ありがたいぐらいです。よろしくお願いします」

堀井さんからは、日時の希望や今後の予定など、業務的な手続きについての話が一通り行われた。面談は2人とも明日の午後となり、くわしい時間については明日の出社時に伝えるということになった。

「会社として恥ずかしいばかりだけど、悲しいことにゲーム業界っていうのはまだこういう旧態依然なところがたくさんあるんだ」

事務手続きをしながら、堀井《ほりい》さんはその例についていくつか教えてくれた。

上層部に楯突《たてつ》いた社員を、まとめて整理部という名の閑職に追いやり、会社敷地内の掃除を業務として与えた会社。使途不明金が毎年のように現れ、社内で調査チームを立てたところ、社長が飲食業の女性に貢いでいたことが発覚した会社。社内での実績よりも、喫煙所や飲み会での覚えが、出世や昇給に繋《つな》がる会社。社長の父親や母親が名ばかり取締役として会議に出席し、現場を知らずに好き放題に発言し、しかもそれを社長が許容してしまう会社。

僕のかつていた会社も唖然《あぜん》とするほどのブラックだったけど、堀井さんの口から出てきた例は、そのどれもがフィクションの中にいるとしか思えない、それでやっていけているのが不思議なほどの会社ばかりだった。

「うちの会社で起きていることっていうのは、まだ業務上での争いであり、きちんとした実力を持った人間同士でのやり合いだから、まだマシと見ることができるんだ」

頭痛のしそうな話だった。

今起きているこの状況でさえ、まだ良い方だなんて。

「元々、同人ゲームサークルから成り上がったり、会社の仕組みや意義を理解しないままに大きくなったところが多いからね。娯楽産業っていうのは、ほとんどがまだそんな発展の途上にいるんだ。だから――」

　堀井さんは、書類を書き終えて天を仰ぐと、

「康《こう》くんのやろうとしてたことは、極論だったかもしれないけど、ある種必要なことだったんだよ」

　異常なゲーム会社を、普通の会社にする。たしかに、今ここで聞いた話をふまえると、茉平《まつひら》さんぐらいの大鉈をふるう必要が、あったようにも思う。

「彼がこれからどうするのか、会社を新たに立ち上げるのか、それとも別の分野で活動をするのか、わからない。けど、これだけは言える」

　意志のこもった目で、堀井さんは僕らを見つめた。

「彼はサクシードをいつか変えてくれるはずだ。それまで、僕はこの会社を守ろうと思っている」

　僕は、茉平さんのことをまだ深くは知らないし、堀井さんについてもそれは同じだ。だけど、ここまで信頼し合っている関係が築けているのは、２人が誠実に、目の前にある問題に向き合った結果なのだろうと思っている。

◇

　その日は、業務らしい業務もないままに、定時でタイムカードを押して退勤となった。

帰り道は当然のように、竹那珂《たけなか》さんと今後の話になったけど、あまり大きな声で言うわけにもいかないので、小声でのやり取りになった。

「とんでもないことになったね」

「まったくです。まだちょっと混乱してるぐらいで……」

竹那珂さんは「はあ」とため息をつくと、溜《た》まりきった脳のメモリを解放するかのように、ブンブンと頭を振った。

僕もまだ混乱の中にいた。つい昨日までは、これからの目標や自分の未来についてあれこれ考えていたはずなのに。緊急事態を前にすると、そんなものは二の次にされるのだなと改めて思い知らされた一件だった。

「どうするかな、面接」

堀井《ほりい》さんからは、揃《そろ》って明日の日程を告げられていた。扱いの軽いバイトについては、早急に済ましてしまおうということなのかもしれないが、それにしても急すぎる。こんな事態でもなければ、せめて2~3日は時間をくださいと伝えたかった。

でも、今はとにかく、明日のことを考える他はない。社長からどんな話があるのかはわからないけど、自分たちのこれからのことや、そして、

「茉平《まつひら》さん……康《こう》さんのこと、聞けるといいけどね」

なんせ、僕らも昨日突然に失踪のことを聞かされたのだ。おそらくは何も話してはくれ

なそうだけど、聞けるものなら聞いておきたい。

「タケナカ、今でも信じられないんです」

しょんぼりした様子で、竹那珂さんはつぶやく。

「茉平さんって、辞めさせられることになっても、絶対にその場に留《とど》まって戦う人だと思ってました。そんな人があんな辞め方をするんだから、よほどのことがあったんだろうなって」

それは僕も同感だった。

きっと、経理部に異動させられるという事実の他にも、嫌なこと、我慢ならないことは多数あったのだろう。親子にしかわからない確執もあったに違いない。

「だから、さっき堀井さんもおっしゃってましたけど、茉平さんが戻ってくるまでに、そのヘンクツな社長をガツンとやっつけられるといいなって思いました！」

「さすがにそこはゲームみたいにはいかないよ」

生々しい話になるけれど、サクシードは非上場であって、社長一族がすべての株式を握っている。自ら辞任しない限り、代表の座から降りることはない。

それに、社長とはまだ何も話をしていない。茉平さんには失礼な話かもしれないけど、どっちに非があるのかも、今の段階では決めかねることだと思う。

理をもって、誤ったことをただそうとした結果なのか。それとも、勝手な暴走の末の自暴自棄なのか。

「うーん、でもどんな面談をされるんでしょうね？　わたしたち、別に茉平《まつひら》さんの秘密を知ってるとかでもないですし、正直何言われてもわかんないと思うんですけど……」

「まあ、向こうも何もわからないから聞くんだろうし、正直に話すだけだと思うよ」

それ以上に何かあるのかと言われたら、僕も答えようがない。

今後どうしたいのか聞かれたら、バイトは続けたいと答えるかなというぐらいだ。

（浮き足立たないように、しっかりと、だな）

明日は冷静に、きちんと必要な話をしよう。

僕のそんな覚悟をよそに、竹那珂《たけなか》さんは急にトーンを落として、

「前にちょっとだけ、パイセンにお父さんのこと話したじゃないですか」

「うん、ローカライズのメーカーで社長をやってるっていう」

彼女はうなずくと、

「実はタケナカ、反対されてるんです、このお仕事」

「えっ……」

誰に、というのはこの流れで明白だった。

どうして、同じ業種なのに、という言葉を喉まで出して引っ込める。むしろ、逆のことが多いからだ。

ゲームに限らず、エンタメの分野においては、その厳しさを知るあまりにこう考える人が多いという。

子供にはこの仕事に就かせたくない、と。

「数字を見たり経営を考えたりするならいいけど、クリエイティブは賛成できない、って言われてるんですよね～。まあ、わかるっちゃわかるんですけど！」

冗談めかして言いつつも、竹那珂さんの表情は真剣だった。

例の『課題』は、その話から出てきた条件なのだろう。

「だから、ここで自分から辞めるなんてあり得ないんです」

「そっか……そうだね」

高倍率の中、必死で食らいついた業界のバイト枠。せっかく手に入れたチャンスを、会社のゴタゴタで失うなんて、理不尽にもほどがあるだろう。

なんとしても、続けられる方法を見つけなければ。

明日の面談でバイトを続けるも辞めるも、結局のところはあと1年の期間をどう過ごすかにすぎない話だ。

「まずは明日だよ。それからまた、話をしよう」

「ですねっ、パイセンのこれからの話、ぜひ聞かせてください！」

竹那珂さんは、嬉《うれ》しそうに飛び跳ねた。自分のことも心配だろうに、彼女の元気さにはほんとこういうときに救われる。

(何か見えるのかな、明日の話で)

社長という人物がどう話してくるのか。その興味や不安と共に、僕も改めて、今後のことについて考える機会になりそうだった。

◇

時間は、緊張したり早く来て欲しくないと思っているときほど、一瞬で過ぎ去るようにプログラムされているのだと思う。

翌日、出社した僕は、午前中をどう過ごしたのかを覚えていない。デバッグ作業がメインだったけれど、気はやはり午後の面談の方へと向いていた。

そして、午後に入ってすぐに、

「橋場《はしば》くん、時間になったよ。行こうか」

いつもよりやや緊張した面持ちで、堀井《ほりい》さんが声をかけた。

「はい」

立ち上がり、「ファイトです!」という感じのポーズを取っている竹那珂《たけなか》さんに横目でありがとうを示すと、僕らはエレベーターで最上階へと向かった。

ゴウンゴウン……と一定のタイミングで機械音を発する室内で、僕は堀井さんに、

「何か、気をつけておくことはありますか？」

念のため、そう尋ねた。

「そうだね、社長はとにかく鋭く頭の良い人だから、隠しごとはあっても、ウソは言わないことだね。すぐに見破られるから」

絶対にウソはつかないようにしよう、と思った。

ピンポーンとチャイムが鳴り、エレベーターのドアが開いた。最上階には社長室と経営上重要扱いの資料室、そしてあまり使われることのない多目的ホールがあり、普段は一般社員やアルバイトは近づくことのない場所だった。

ゆえに、この階だけカーペットの質が違った。赤絨毯《あかじゅうたん》とまではいかないけれど、明らかに材質が違っていて、緊張感をあおる作りになっていた。

その床を踏みしめて、社長室へと向かう。

エレベーターホールから廊下を抜け、最も奥まったところに、その部屋はあった。

堀井さんがノックをし、「ああ」と低い声が響いたのを確認し、ドアを開けた。

「失礼します。社長、橋場くんです」

「失礼いたします」

部屋に入って、頭を下げた後に部屋を軽く見渡した。

社長室というと、もっと豪勢なものを考えていた。それこそ虎の敷物があったり神棚があったり、ゴルフセットやパターの練習キットがあったり、みたいなベタなものを想像していたけど、実際はそんなことはなく、極めて質素なものだった。

最低限の応接セットに、ビジネス用のデスク。いわゆる調度品や高価な家具といったようなものは、そこにはなかった。

だけど、その質素さが逆に、圧迫感を与えているようにも思う。

そして、僕は社長本人を見た。

(あの人が……茉平《まつひら》さんの父親か)

窓の外を見つめたままで、横顔しか見えなかったが、たしかに少し、茉平さんと似た雰囲気を感じることができた。頭は白髪と黒髪が半々ぐらいに混じり、オールバックにしてまとめている。

どこか、貫之《つらゆき》のお父さん、望行《もちゆき》さんを彷彿《ほうふつ》とさせる姿だった。

背の高さは僕と同じぐらいだったけど、痩せ型で肩幅が広く、ダークグレーのスーツが見事に似合っていた。

「座りなさい」

低く、渋い声が聞こえて、僕らはソファへと腰を下ろした。やがて、社長も静かに歩み寄り、正面へと座った。

「社長の茉平忠広《ただひろ》です」

「は、橋場恭也《はしばきようや》です。大中《おおなか》芸術大学４回生で、開発部でお手伝いをしております」

堂々たる態度に、最初から完全に飲まれてしまった。

（さすが、創業社長は迫力が半端ないな）

さっきは横顔だけしか見えなかったけど、正面から見てみると、その視線の強さが圧倒的で、ロクに目を合わせることもできなかった。幸いにして、社長は堀井《ほりい》さんの方を見ていたので、射殺《いころ》されずに済んだ。

こんな人を相手に、茉平さんは戦っていたのか。それだけでも、尊敬に値する。

「早速、本題に入ろう」

無駄な時間など許さないとでも言うように、社長は先手を打った。

「堀井から説明があったと思うが、開発部の茉平康《こう》が、プロジェクト放棄の上にまっとうな手続きを踏むことなく一方的に職を辞した。しかも、それに連なる形で10名の社員が行動を共にした」

口調こそ落ち着いているものの、言葉の選び方には冷たさを感じた。

「彼らの行為については別途処分を考えるとして、今はこれ以上の被害を出さないようにしなければならない。その上で、現場レベルの情報を集めるのがこの面談の目的だ」

社長はそこまで淡々と話すと、僕の方を特に感情のこもっていない目で見やり、

「君のようなアルバイトのスタッフには何もわからないかもしれないが、茉平康《まつひらこう》について何か知っていること、今後のことについて話していたことがあれば、聞かせて欲しい」

その冷たい口調と内容で、僕は理解した。

(何も期待していないんだろうな、僕には)

もし何か出てくれれば拾うけれど、取り立てて聞くこともない、という感じだった。考えてみれば、それなりの規模を持つ企業の代表者が、学生を相手に何かをしようなんてこと自体があり得ない話で、むしろ直接顔を合わせたことが異例だった。

(茉平さんのこと、聞けそうもないな)

聞いたところで、今話すことではないと言われておしまいだろう。

とりあえずは、された質問に対して回答をすることにした。

「何も聞いてないです。開発環境をこうしたい、という理想を伺ったことはありますが、だからどうする、という具体的なことまでは、何も」

先日のゲームカフェの一件については、特に話しても仕方ないと思い、割愛した。だけど、ウソはつかないように正直に話した。

「まあ、そうだろうね。時間を取らせて申し訳なかった」

社長もやはり期待していなかったらしく、そう答えるに留《とど》まった。やはりバイト風情には、さして時間を割くつもりはないようだった。

強く追及されることもなく、少しホッとすると、

「だが」

それを見透かしたのか、強い口調で僕をひと睨《にら》みすると、

「聞くと決めた以上は、人づてで済ますのは嫌いでね。こうして直接聞くことで、ボロボロと出てくることも多いからな」

一瞬、身がキュッと引き締まった思いだった。

（堀井《ほりい》さんが言ってたのは、こういうことだったんだ）

たしかに、何か隠しごとを持った状態でこの人に見据えられると、恐ろしさですべて話してしまいそうになる。重ねて質問されなくてよかったと、つくづく思った。

ひょっとしたら、面談はそこそこに、まだ別の何かを隠し持っているのかもしれない。

そんな感情を残していくところに、トップとしての威厳を感じていた。

「最後に、君から何か質問はあるか？」

事務的な、淡々とした口調だった。

ここで、康さんのことを聞くのは場違いだろう。僕の立場で聞くこととすれば、１つだけしかなかった。

「これから、どういった仕事をすればいいでしょうか？」

受け持っていたプロジェクトが白紙に戻った以上、僕は今後どこで働けばいいのか。堀《ほり》

井《い》さんの直属になるのか、それともまったく別の開発を手伝うのか。

　社長は、やはり淡々とした口調のままで、

「そのことについては、堀井《ほりい》に話してある。多少の配置転換はあるだろう」

　そう言って、堀井さんに視線を送った。

「はい、この後で直接、伝えることにいたします」

　受けた方もまた、淡々とした口調で応えた。

「では、以上だ」

　社長はそれだけ言うと、さっさと帰りなさいとでもいうように、サッと席を立った。僕らも同じく席を立つと、一礼して部屋の外へと出た。

　ドアを閉め、少し離れたところで、やっと気を抜くことができた。

「緊張しました。あんなに威圧感のある人だったんですね」

　思わずそう漏らすと、

「あれでも穏やかに話した方だと思うよ。感情が表に出ているときは、あんなものじゃないから」

　堀井さんの言葉に、できればその機会がないことを祈るばかりだった。

　揃《そろ》ってエレベーターへと向かい、開発室のある階のボタンを押し、中に入った。重々しいドアが閉まるのと同時に、揃ってフーッと息をついた。

（特に、何かあったわけでもなかったか）

身構えていた割には、あっさりとことは済んだ。ただ、あの威圧感と空気を前にしての面談は、それだけでも体力を消費したけれど。

ともかく、これでミッション自体は完了した。

茉平《まつひら》さんについては何も知ることはできなかったけれど、バイト自体は続けられそうだし、環境についても、そう変化はなさそうだった。

開発室に戻ると、堀井さんはいささか緊張した顔で、

「このますぐ、会議室に来てくれるかな？　竹那珂《たけなか》さんもいっしょに」

「は、はい」

答えると、小さくうなずいて先に会議室へ行ってしまった。

残された僕は、とりあえず竹那珂さんに声をかけに席へと向かった。

（あの顔……どうしたんだろう）

懸案だった面談も終わり、あとはこれからのことを考える段になった。もちろん何の問題もなくってわけにはいかないだろうけど、再出発の機会はできたはずだ。

それなのに、なぜだろう。

「お話ってなんでしょうかね……？」

「僕にもわからないんだ、とにかく堀井さんに聞いてみよう」

　不安げな竹那珂《たけなか》さんと共に会議室へ入ると、

「じゃ、座って」

　揃《そろ》って腰を下ろすと、すぐに、

「異動について決定事項を伝えます。橋場恭也《はしばきょうや》さんは、10月から開発部Aチームに所属となります」

　Aチームと聞いて安堵《あんど》した。堀井《ほりい》さんのチームだから、そうそうおかしなことも起こらないはずだ。

「じゃあ、竹那珂さんも同じチームですか？」

　僕は尋ねた。

　思えばこのとき、違和感を先に考えるべきだったんだ。どうして、両名の名前を先に言わず、僕の名前だけを告げたのか。

　堀井さんは、首を横に振って、

「いや、竹那珂里桜《りお》さんについては……契約解除が決定した」

　傍らから、えっ……と声が漏れた。

「そんな……！」

　僕も、思わず声を上げて立ち上がった。

　堀井さんはつらい表情で、

「順次、説明します。まずは座って」

言われ、唇をギュッと噛《か》みながらも腰を下ろした。隣では、呆然《ぼうぜん》とした表情の竹那珂さんが、どうしていいのかわからない様子で固まっている。突然、こんなことを言われたら誰だってそうなるだろう。

堀井さんは、社長から告げられた「多少の」配置転換について説明を始めた。

それは、開発部の大幅な規模縮小と、明らかな懲罰人事だった。

「康《こう》くんのチームにいたメンバーについては、これから順次、開発部以外への異動となる。今後予定されている面談も、その移動先の調整に充てられるだろう」

会社の、社長の説明としてはこうだった。

茉平《まつひら》さんの企画が凍結し、開発の予定が立たない以上、スタッフを遊ばせておくわけにもいかない。しかし、他の開発チームはすでに人員が埋まっており、そこに補充するという選択肢はなかった。

なので、経理や資材、広報など、他の部署へそれぞれを振り分けることにしたというわけだった。

「で、でも、実際に開発は人が足りないんですよね？　堀井さんがそれを主張すれば、何も他の部へ行かなくても……」

僕が尋ねると、堀井さんは悲しげに首を横に振った。

「もちろんそれは言ったよ。だけど、社長にとってみれば、残ったとはいえ康《こう》くんのところのスタッフは裏切り者の一派だ。だから、メインである開発職に置いておくわけにはいかない、ということなんだろう」

「見せしめ、ということですか」

僕の問いに、堀井《ほりい》さんは首を今度は縦に振った。

「残念だけど、会社の判断としてはまだ穏当だと思う。むしろ、これぐらいで済んでよかったと思った方がいいのかもしれない」

クビにならなかっただけまし、ということなのだろうか。

「ただ……」

堀井さんはそこまで言って、唇をギュッと噛《か》んだ。

そしてつらそうな表情で、僕の傍らに目を向けた。

「竹那珂《たけなか》さんについては……申し訳ないとしか言えない」

再び名前を呼ばれ、竹那珂さんは身をキュッと固くした。

開発部の規模縮小において、アルバイトの人数も調整されることになった。そこで、当初は雇用する予定になかった竹那珂さんが、整理対象となったのだった。

「おかしくないですか……？　どう考えたって、アルバイト1人にかかる費用を節約しなきゃいけないレベルの会社ではないと思うんですが」

サクシードの経営状況を知っているわけではないけれど、竹那珂さん1人を雇う、雇わないで変わる問題ではないはずだ。

堀井さんは苦しげな表情のまま、

「開発部のアルバイトの人数は、全体の人数・プロジェクトの数から算出しているんだけど、今回、チームが1つそのまま消えることになったから、1人減らすのは順当と言えることなんだよ」

「それならなんで竹那珂さんが……あっ」

自分でそこまで言って、納得がいった。

僕と竹那珂さんは、茉平《まつひら》さんに近い存在だった。だから、1人アルバイトを減らすとなれば、見せしめとして僕らから選ばれる。

僕は元々、正規の募集で選ばれたアルバイトだった。だけど竹那珂さんは、本人の強い希望により、言い方は悪いけどねじ込んだ形での採用だった。

条件が2つ揃《そろ》ってしまったことで、彼女が選ばれてしまったのだろう。

「で、でも、彼女は間違いなく能力があります。実際に開発部でも実績があるのは、堀井さんもご存じのはずです」

「……僕だって、辞めさせたりはしたくない。だけど、開発部の人間には人事権はない。抗議はできても、受け入れられる可能性は低い」

そんな組織の都合で、彼女の能力を切ってしまうのか。

「なら、むしろ僕が――」

代わりに辞めますと言おうとしたところで、

「わ、わたし、辞めます！」

僕の声をさえぎるように、竹那珂《たけなか》さんが声を上げた。

「元々、無理を言って雇っていただいてましたし、こういうことがあったら、真っ先にクビになるのは理解してましたから、だからあの、パイセンはそんなこと言わないでくださ い、逆に悲しくなっちゃいますよ！」

「……ごめん」

無理をして笑う竹那珂さん。たしかに、今のは僕の失言だった。

でも、明らかに能力のある子が、組織的なことを理由に切って捨てられるのは、あまりにも納得ができなかった。

少しの間、場に沈黙が流れた。

やがて堀井《ほりい》さんは、やはりつらそうなまま口を開いた。

「うちの会社は、四半期ごとに組織やプロジェクトの見直しを行っている。今は7月だから、配置に関する諸々《もろもろ》は近日中にまとめ、9月はその新体制の準備、そして10月にはスタートとなる。だから竹那珂さんは、今月中に仕事の整理を行って欲しい」

「わかりましたっ。引き継ぎの人が喜ぶぐらい、しっかりまとめておきますね！」

ビシッと敬礼ポーズで、いつもの元気な口調で応える竹那珂さん。それがとても、悲しく思えた。

「本当にごめん、せめて動いている有望な企画が他にあれば、そちらを動かすようなこともできたんだろうけど……」

堀井さんも、どうしようもないといった表情のままだった。

(万事休す、なのか……)

竹那珂さんの契約解除は、ただバイトを辞めることになるという事実以上の重さがあることを、僕は重々承知していた。

ゲーム業界、そしてエンタメ分野で仕事をするために、やっと掴《つか》んだチケット。それを無理矢理《むりやり》破られることになるのだ。自分の実力がおよばなかったわけじゃなく、社内の勢力争いを理由にして。

「ありますもんね、こういうこと……」

小さく、彼女がつぶやく。

そう、これはよくあることだ。

力のある、メインの開発スタッフだった人たちが閑職や関係の薄い部署に飛ばされ、能力も可能性もあった若い人材が、あっけなく切り捨てられる。

それが社会なのだと言われれば終わってしまう話だ。僕も美少女ゲームを作っていた頃は、それこそ理不尽なことばかりが常に巻き起こっていた。

これまでのサクシードが、むしろ恵まれていたんだ。よくあるトラブルに巻き込まれて、僕たち下っ端はそれに翻弄されていく。

（仕方ない――）

その、言葉をふと口にした自分がいた。

かつていた未来の世界に置いてきたはずの言葉。だけど、いつの間にかまた、それを自然に出すようになってしまっていた。

それでいいわけがないじゃないか。ずっと抗《あらが》って、反発して、それでなんとかしてきたんじゃないか。

（そうだよ、ここで何かしなけりゃ、僕は……）

歯を食いしばる。数々の、崖っぷちに追い込まれた出来事を思い出す。

プロデューサーは、場を作る仕事だ。僕はずっと、その場を求めて動いてきた。

そして今まさに、その場が奪われようとしている。

ならば、僕がやることは1つだけだ。

「あの」

静かに席を立とうとしていた堀井《ほりい》さんを呼び止めた。

「本当に、もうどうにもならないんでしょうか？」

彼は、再び目を伏せると、

「さっきも少し触れたけど、今は動かすプロジェクトがないんだ。今現場にいるスタッフは自分の手元で精一杯だし、康《こう》くんのところにいたスタッフは、職人として与えられた仕事をまっとうすることには長《た》けているけど、０を１にするような企画を立てるのには向いていないんだ」

堀井さんにとっては、僕をあきらめさせる言葉の１つとして、特に意識しなかった言葉なのかもしれない。

だけど僕は、現状を打破できるかもしれない望みが、そこにあると思った。

無謀かもしれないし、可能性にすらならないかもしれないけど。

「企画があれば、チームが解散しなくていいかも……しれないんですか？」

そこに賭けた。しかし、堀井さんは沈んだ顔で首を横に振ると、

「仮にあったとしても、マイナスの先入観を持っている上層部を動かすには、相当難しい話になるだろうね。チームを維持できるかと聞かれれば、望みは薄い」

やはりというか、芳《かんば》しい返事ではなかった。

「でも」

僕はスーッと息を吸い込んだ。

完全な否定でないのならば、こじ開けるだけの隙間がそこにあるのなら。

「それでも、少しでもそこに可能性があるんでしたら」

とんでもないことを言う自覚はもちろんある。ただの学生風情が言うには分不相応であることも理解している。

でも、ここで黙ったままだったら、僕はここにいる意味を失う。

だから、言った。

「僕に——企画を考えさせてもらえないでしょうか」

隣で、竹那珂《たけなか》さんが息をのんだのがわかった。

堀井《ほりい》さんは一瞬、目を大きく見開いた。驚きなのか、それともある程度予想はしていたのか、それはわからない。

だけど、少しの間の後に彼から出てきた言葉は、明確だった。

「……思い上がるんじゃない」

堀井さんの表情が、見たこともないぐらい冷徹なものになっていた。

「会社はサークル活動じゃない。プロジェクトがなくなったから、じゃあ考えればいいんですねって簡単なものじゃないんだ。以前にやった企画コンペは、あれは当たったら儲《もう》けもの、ぐらいの感覚で行ったもので、まっとうな企画会議とはわけが違う」

「僕なりに、理解はしているつもりです」

「いや、わかっていない。ゲーム会社は企画を立てて、それを商品にして、売上が利益を出して初めて成り立つものだ。大ヒットが出て、その恩恵で好きなことをしていいと言われて考える企画と、切羽詰まった状況で成功する成果を求められる企画とは、そもそもわけが違う。そして、今求められているのは、後者だ」

いつも穏やかな堀井さんの口調が嘘《うそ》のように、厳しい言葉が並ぶ。今さらにして、彼が加納《かのう》先生と仲が良かったことを思い出した。甘えを許さないこの姿勢は、たしかに通じるところがあるように思えた。

「そんな中で企画を作るというのは、並大抵の人間にできることじゃない。僕だって、完全に身が空いた状態だったとしても100％の自信はないぐらいだ。それを、1年程度バイトをしただけの君が取り組むなんて、無駄だ。やめなさい」

あまりに厳しい言葉に、心が折れそうになる。だけど僕は、崖っぷちで踏ん張りながら、言葉を返す。

「堀井さんは、それでも僕を採用してくださいました」

少しずるいと思ったけれど、そのことをまず言うことにした。

「それは、少なくとも僕に可能性を見いだしてくださったからだと理解しています。その可能性は、別に平時だけでなく、こうした緊急時においても見えてくるはずだと、僕は思っています」

椅子から立ち上がって、床につくぐらいの勢いで、頭を下げた。

「おこがましいことは承知しています。それでもなんとか、企画を考えさせていただけませんでしょうか。お願いします……っ」

3人とも、そのまま言葉を発することなく、沈黙に入った。

頭を下げていたので、堀井《ほりい》さんの顔は見えなかった。どんな顔をしているんだろうと思うと、申し訳なさでいっぱいだった。きっと、大変なことになったと、いつもの明るい表情を曇らせてしまったはずだった。

でも、僕は堀井さんしか、この話ができる相手はいないと思っていた。この状況を打開できるのはおそらく社長1人で、その社長にものを申せる立場なのは、僕の近くでは堀井さんしかいなかったからだ。

そして彼は、僕らのこうした言葉や行動を、無下《むげ》にできる人ではなかった。

やがて、堀井さんの口から、大きなため息と、そして「しょうがないな」という小さな苦笑がこぼれた。

「頭を上げて、橋場《はしば》くん」

言われるままに上げると、困り笑いを浮かべた堀井さんがいた。

「企画者として、アルバイトが名前を出して上に提出したところで、100%それが通ることはないだろう」

「そう……ですか」

「だが、例外はある」

強い口調で、彼はそう言った。

「開発部長である僕が、社長に対して上申することだ。そうすれば、少なくとも社長は話ぐらいは聞いてくれるだろう」

「それじゃ……！」

喜びの声を上げそうになった僕を、堀井さんはすぐにたしなめる。

「だけど、ハードルはとんでもなく高いよ。まず、僕が君の企画を見て、それが上申するにふさわしいかどうかを判断する。この段階で相当厳しいチェックが入ると思ってくれ」

ゴクッと、唾を飲み込んだ。相当、高いハードルになるのだろう。

「その上で、社長に上申をする。この企画を動かしたいから、異動予定のスタッフをここに充ててくれ、とね。だけど、元々切るつもりだった人間をもう一度前線に立たせるからには、社長が企画に食いつく必要がある。自身のプライドや決定よりも、この企画を成立させて、商品にしたいと思わせるほどのね」

二重の、しかも上の段のハードルはとてつもなく高いことはわかった。

「社長は、売れるもの、すぐれたものへの嗅覚はとても高い人だ。だから商売人として成功している。本当にいいものが出てくれれば、自分の感情を排してまでも、ＧＯサインを出すだろう。だけど……」

堀井《ほりい》さんは、これまでで最も厳しい表情を見せると、

「まず通らないと思ってくれ。可能性は限りなく低い。骨折り損になるのが当然の話だけど、それでもやるかい？」

普通に考えたら、こんなものに挑戦するのは馬鹿《ばか》のやることだ。

でも、言い出した以上、そしてそこに意義を感じている以上、僕は引き下がるわけにはいかなかった。

「やります。やらせてください」

堀井さんは、一瞬だけ嬉《うれ》しそうな表情を見せた。

しかし、すぐに厳しい表情を見せると、

「時間はないよ。その間に、どれだけのことができるのか、見せてくれ」

そう言って、具体的なスケジュールの話を始めたのだった。

◇

堀井さんから与えられた時間は、明日から14日間、つまり2週間だった。その間に、企画を考え、書面にまとめ、そしてプレゼンを行う必要があった。社会人ならまだしも、学

生にとってみれば厳しいスケジュールだった。

バイトが終わって、僕と竹那珂《たけなか》さんはいつもの帰り道を歩いていた。とんでもなく疲れる1日だったはずだけど、不思議と疲労感はなかった。きっと、それ以上の高揚感があったからだろう。

「パイセン、今日はその……ありがとうございました」

竹那珂さんは、ちょっと恐縮した様子で頭を下げた。

「礼を言われるようなことじゃないよ。それに、まだ解決したわけじゃないしね」

堀井さんからは、あらかじめ高いハードルであることを告げられている。それをすべて越えてはじめて、竹那珂さんや開発スタッフの首が繋《つな》がる。

今はまだ、その取っかかりの最初の最初を作っただけのことだ。

「でもでも、これでパイセンの企画があれば、それで解決じゃないですか！」

「そうなればいいけど……ね」

自信がまったくないわけじゃないけど、あれだけ堀井さんから念を押されると、よほどすごいものを用意しない限り、門前であしらわれて終わりにもなりかねない。

「で、もうその企画って考えてたりするんですか？」

「うん、一応、ずっと考えてたことはあるんだ」

言うまでもなく、ミスクロの企画だ。

「さすがパイセンです！　あの、もちろんタケナカも全力でお手伝いしますので、どんなことでも言ってくださいね!!」

「ありがとう、ぜひお願いするよ」

竹那珂《たけなか》さんだけじゃない。この企画をまとめるには、本当に僕の持っているすべてを集める必要がある。それでもまだ、突破できるかどうかわからないぐらいだ。

そのためにもまずは、みんなに説明するのが先だ。

◇

「こ、これからみんなで？」

「商業作品のゲームを作るの!?」

「それはどういうことなん？」

翌日のシェアハウス。ひさしぶりにみんなで顔を合わせての夕食になったので、ホットプレートで餃子《ぎょうざ》を焼きながら、僕は提案をみんなに投げかけた。

そして当然のように、なんだそりゃ、という反応が返ってきた。

「びっくりするのもわかるけど、挑戦したいって思ってるんだ。そして、作るにはみんなの力が必要だと思っている」

元々、ミスティック・クロックワークの企画は、ここにいるプラチナのみんなを軸にして考えたものだった。つまりは、このメンバーが揃《そろ》ってはじめて、企画として成り立つことになる。

もちろん、2016年当時の世界ならその名前だけでもモノが売れるぐらいの企画だけど、今はまだ、みんな実力はあっても駆け出しに近いキャリアだ。

名前を書けば、それだけで稟議《りんぎ》が通るようなバケモノ企画ではない。

(それでも、ここはこだわりたいポイントなんだ)

今回の一件をチャンスと受け取るならば、ここでみんなにたどり着くはずだ。

「それ、俺はシナリオを書くことになるのか?」

貫之《つらゆき》が、箸で自分の方を差して尋ねた。

「もちろん。そのつもりでお願いしようと思ってるよ」

大きくうなずくと、貫之は表情を険しくして、

「恭也《きょうや》、俺また語尾の妙な女子たちの話を書くことになるのか? それは正直……」

「ちっ、違う違う、今回作るのは全然違うタイプの話だから、安心して!」

「なんだ! よかった、あれちょっとトラウマになってるからな、恭也はどんだけドSなんだよって思ったけど、それならぜひ協力してえな!」

心底ホッとした様子で、前向きにとらえてくれた。

「ただ、ラノベとどう折り合いをつけるかが問題だな……。担当さんからは、3ヶ月に1冊のペースは当面崩さないで欲しいって言われてるし」

「そうだね、そこは担当さんとも相談して、可能な分をお願いするって形になるかな」

実際のところ、メインのストーリーラインを担当してもらえさえすれば、別のルートや補足テキストなどは、僕や外部のライターでなんとかなると思う。

参加に前向きになってもらえるなら、それだけでも全然ありがたい。

「へー、貫之《つらゆき》、なんか対応からして大先生って感じね～」

にまにましながら、ナナコが貫之をイジり始めた。

「なんだよナナコ、お前だって忙しいんだから、まだ検討中とかなんだろ?」

返す刀で応戦した貫之に、ナナコは、

「ん?　あたしはやるよ。もう聞いたときに決定してたもん」

「なっ……!」

これには、貫之だけじゃなく、僕も驚きだった。

「だってチャンスだもの。うまくいけば、サクシードのゲームに自分の名前が載るかもしれないんだし、それに、今はずっとニコニコの投稿が続いてたから、ちょっと目先を変えた仕事とかしたかったし!　だから、あたしは喜んでやります!」

「ナナコ……ありがとう」

これは素直にありがたかった。

実際、彼女のキャリアを考えれば、このタイミングでコンシューマーゲームの主題歌や音楽を担当できるのは、プラスになる部分も多いはずだ。

そのメリットを僕が話さなくても、彼女の方から考えて言ってくれたことは、嬉《うれ》しかったし、何より彼女の成長も感じられた。

（ナナコのプロとしての部分が、ちゃんと出てきてるな）

そして、だ。

「シノアキは……どうかな？」

肝心の、キャラクターデザインなどをお願いしたい彼女は、僕の提案をどう受け取ってくれたのか。

「ん～、恭也《きょうや》くんに聞きたいんやけど、いいかな？」

シノアキは、僕の問いに質問で返してきた。

「うん、企画のことについて？」

「そうやけど、もっと前の話、かな？」

前の話……って、なんだろう。世界観のこととか経緯なのだろうか。それとも、制作環境やギャラ……は、あまりシノアキは気にしないし。

何のことだろうと思っていた僕に、シノアキは、

「これが、恭也《きょうや》くんのやりたいことやったん？」

そう、尋ねてきた。

「あっ……」

まだ伝えていなかった、彼女への答え。

1回生のときの、あの大学からの帰り道。彼女が僕に聞いた『目標』。漠然として形になっていなかったから、何も答えられなかった。いつかちゃんと形にしたら、答える約束だった。

忘れないと決めた、あのときのシノアキの笑顔。

今ここで、答えることができる。

「そうだよ。やっと、話すことができた」

シノアキは、僕の答えを聞いて、にっこり笑うと。

「それじゃ、わたしはお手伝いしたいな」

即答で、企画への参加を決めてくれたのだった。

「ありがとう、シノアキ……！」

もちろん、彼女も今や複数の仕事を抱えている身だ。イラスト仕事、特にキャラクターデザインやゲーム関連の仕事となると、ラノベの作業量とは比べものにならないぐらい多くなる。当然、関係各所との調整は不可欠だ。

（そこは、僕がしっかり受け持とう）

この手の調整については、これまでの仕事や経験が役に立ってくれるはずだ。企画が通り次第、すぐにクライアントに連絡を取ることにしよう。

「しかし、恭也」

貫之《つらゆき》が、まだ深刻そうな顔で僕に尋ねる。

「この企画、卒業制作と完全に被《かぶ》ってしまわないか？」

その質問に、ナナコもシノアキも「あっ」と声を上げた。

「そうよね、夏から始めたとして、半年は確実に被っちゃう」

「2つもってなったら、お仕事の方を減らさないとだめかもしれんねえ」

うーん、と考え込む3人に、僕は笑って答えた。

「そこも考えてるから、答えが出たらみんなに話すよ」

みんなの頭にはハテナマークが浮かんでいたけど、僕はすでに準備を進めていた。

（これが通るかどうかについては、あの人次第ではあるけど）

◇

準備2日目、僕は映像研究室にいた。

いつものように、加納《かのう》先生と1対1で向き合っての面談だ。

「卒業制作の企画を大幅に変更したい、か」

サクシードの企画案に、プラチナのみんなを起用する。そのためには、卒業制作の負担をどうにかする必要がある。

僕はそのために、規模を縮小した新たな企画案を急遽《きゆうきよ》用意した。それをなんとか通すことで、早急に解決しようと思ったのだけど。

「ダメでしょうか……?」

「もう、企画自体は提出した後だからな。本来ならまず受領はできない。が……」

先生は、ニヤッと笑うと、

「でも、お前が言うように、企画の骨子は変えることなく、規模のみを縮小する形なら問題ないだろう。受理する」

「……ありがとうございます」

ホッとして、ソファに深く腰を下ろした。

まったく別の企画となれば、すでに提出日が過ぎていることもあって、受理されないだろうというのは僕も想定していた。

だから、現状の卒業制作の企画から、タイトルも内容も変えることなく、その工程だけ変えるならば、まだなんとかなるだろうという狙いだった。

内容としては、大阪《おおさか》の観光案内ビデオだ。それは変わらないけれど、大きな変更点としては、そのロケ内容や完成イメージが、やろうと思えば1人で作れるように変えていた。

これで、最悪僕がなんとか踏ん張れば、卒業制作としての体《たい》は成せるはずだ。

以前からも話に出ていた、「流す」ための企画となった。

(まあ、加納先生じゃなければ、この変更は難しかったかもな)

僕がどうしてこういうことをしたか、先生はきっとわかっていたに違いなかった。

地獄耳の持ち主だし、堀井《ほりい》さんに全部聞いていてもおかしくないだろうから。

そんなことを考えていたら、不意に先生が口を開いた。

「堀井くんに聞いたよ。何やら面倒なことになったそうだな」

「……ご存じだったんですね」

やっぱり、知ってたんだ。

「まあ、卒業に関わることだからな。堀井くんの方から連絡があったんだよ。橋場《はしば》くんが何か頼みに来るかもしれないけれど、できる範囲で話を聞いてやって欲しい、ってね」

元はと言えば会社のもめごとではあったけれど、堀井さんのこうした気遣いは素直にありがたかった。

「それで、企画はもう考えてるのか？」

「少しは。前からやってみたいと考えていたことがあったので、それを転用する形になるかと思います」

「そうか。最初のチェックは堀井《ほりい》くんがやるのか？」

「はい、最初に堀井さんがチェックをして、それでＯＫが出たら社長にという流れです」

先生はククッと笑った。

「なるほど、卒業制作と並行してなんて、甘っちょろい考えじゃ到底無理だな。いや、真剣に取り組んでも難しいことだろう」

やっぱり、先生から見ても難業なんだな。社長ももちろんだけど、堀井さんも相当厳しいようだ。

「これまでお前がやってきたどんな企画より、厳しい戦いになるだろうな。わかってるとは思うが、覚悟してやりなさい」

「はい、どうやってでも通すことを考えます」

先生は大きくうなずいた。

「それでいい。使えるものはなんでも使え。勝つにはそれしかない」

先生の言葉に、覚悟を新たにした。

◇

準備3日目。僕は学内の喫茶店で、河瀬川《かわせがわ》と状況確認のための打ち合わせを行った。

「それじゃ、メンバーの確認はすべて取れたのね？」

「うん、火川《ひかわ》なんか電話口ですぐにOKって言ってくれたよ」

むしろ、もうちょっと確認した方がいいんじゃないかってぐらいで、僕が電話で内容を伝え終わる前に「おう！」で話が済んでしまった。

「まあ、火川らしいというか、何をするにも熟慮とは無縁の生活よね」

「あれはあれでうらやましいけどね」

ほんと、この3年間で、火川が1分以上選択に悩んだシーンはなかった。

でも、それであいつは思慮が浅いというわけでもない。進路もしっかり決めているし、僕らの世代の中では、もっともまっすぐ生きている人間ともいえる。

「すぐに返事をくれるのはありがたいよ。それこそ、河瀬川もね」

「いいわよ、そこでわたしの名前なんか出さなくても」

火川と同じ列に入れられたのが不満だったのか、河瀬川はちょっとツンとしてコーヒーを飲んだ。

でも、電話をかけて事情を説明している途中で、まだ参加表明をしていないにもかかわらず、すでにスケジュールの確認や状況の把握を始めたこの子は、やっぱりというか何というか、僕にとってありがたいの一言だった。

（いつか、返せるときが来るのかな）

お返しするとか言うと、決まって「そんな返されるようなことしてないわよ」とか言われそうだけど。

「で、残るメンバーだけど……もう決めたの、これは」

メンバーの一覧をまとめた書類を見て、河瀬川《かわせがわ》は僕に問い直す。

「うん、これでいきたいと思ってる」

ここまで、内諾してるメンバーについては、基本的にチームきたやま関連のスタッフであり、参加に対しての障壁は、そこまで高くはなかった。

しかし、そこからさらに追加したメンバーについては、正直言って受けてもらえるかわからないし、それによる影響も未知数だ。

「でも、それぐらい総力戦にしないと、今回ばかりは勝負できないと思ってるんだ」

メリットとデメリットを天秤《てんびん》にかけた上で、それでもメリットが勝ると判断した。

「わたしも、おもしろいとは思うわ。でも、本人たちがよしとするかよね」

「うん、言ってみてどう反応されるかって感じかな」

ひとまずは当たってみて、それからの話だろう。

「じゃ、早速連絡を取ってみて……河瀬川？」

話をまとめようとしたところで、彼女が神妙な顔をしていることに気づいた。

「少しだけね、気になるの」

「追加のメンバーのこと？」

河瀬川はうなずく。

「実力は折り紙付きだし、うまく機能すれば企画も素晴らしいものになると思う。だけど、絶対に御しきれる相手じゃないし、覚悟は必要になるわよ」

プロジェクトが荒れたり、揉《も》めたりする可能性。

それは、この方向性を考えたときから、発生しているとも言える。

「覚悟はしてるよ。それでも、やってみたいんだ」

「なら、もうわたしが言うことはないわ。結果を待つのみね」

河瀬川の危惧も当然だと思う。なんせ、すべて初めての試みだからだ。

でも僕は、相手の技量と、混ぜ合わせて起こる化学反応に興味を持った。これが共に何かを作るラストチャンスかもしれない、というのもあった。

◇

そして準備4日目。

河瀬川との話を経て、覚悟を決めて打ち合わせに臨んだ。

喫茶スペードに現れたのは、前にここで話したばかりの2人だった。

「あ、橋場《はしば》先輩！　こっちですこっち～」

手を振って場所を示す斎川《さいかわ》と、

「ヒヒッ、今度はお前からの呼び出しか、橋場」

いつも通り、どこか油断ならない雰囲気で待ち受ける、九路田《くろだ》だった。

「2人ともありがとう、時間とってもらって」

「いえ！　ご存じの通りヒマしてますから！」

「ま、俺も同じくだな。今は映画観《み》てるばかりだったから」

そう。以前の話で、この2人に時間があるということをつかんでいた僕は、サクシードの企画に引き入れようと考えていた。

(賭けではあるけど、やってみたい)

斎川はともかく、九路田がどう出るかは不安だったけど。

「それじゃ、用件について話すね」

いささかの緊張と共に、経緯について話を始めた。

バイトをしているサクシードの話、内部でのもめごとや茉平《まつひら》さんのこと……については
さすがに社外秘の部分もあるので具体名を出さずふんわりと説明しつつも、今どういうことを求められているのか、そしていかに企画を通すためのハードルが高いかについては、

把握している限りのことを丁寧に話した。

企画を堀井《ほりい》さんにプレゼンする日程と、それまでに準備する必要のある企画書についても
話し終わったところで、

「以上だけれど、どうかな」

反応を待った。

すぐに反応したのは、

「先輩！」

斎川だった。

「な、なに、斎川」

彼女は、資料を持った手をぶるぶると震わせながら、

「やっと、やっとですね、アキさんといっしょに制作ができるなんて……！」

ギン！　と目を光らせて、

「やります！　ぜひやらせてください！　わたし、死ぬ気で描きますから！」

力強く、宣言してくれた。

「あ、ありがとう。まあ、企画を考えて、しかも通してからだけどね」

「通りますよ！　何がなんでもこっちに引きずり込んでやりますから！」

このまま資料を飲み込むんじゃないかという勢いで、斎川は言った。

（本当に強くなったな、この子は）

絵に対する考え方だけじゃなく、何でもやってやろうという意欲も、九路田《くろだ》との仕事で鍛えられたように感じた。

さて、そうなると気になるのはもう1人だ。

「九路田は……？」

説明中、彼は一言も口を挟まなかったし、首を振ることもかしげることも一切なかった。本当に聞いているのかちょっと不安になったけれど、

「ひとつ、いいか？」

聞いていたときと同じく、腕組みして目をつぶったままで、ぼそりとつぶやいた。

「もちろん」

うながすと、彼は静かな口調で話し始めた。

「まず、企画に関しては興味がある。参加したい」

「そうか、ありがとう……！」

「だが、条件がある」

間髪を入れず、その一言を挟み込むと、

「今回の件、要はそのサクシードって企業に企画を認めさせて、予算と工期を得るのが目標ということだよな？」

「うん、その通りだ」

「それなら」

九路田の目が開いた。

「その目標のために、俺は最善の手を打つ。それを認めるのが条件だ」

一瞬、引っかかった。

別に変な条件じゃない。カネや立場を必要以上に求める人間じゃないのはわかっていたから、ある意味、予想の範囲内の条件ではあるのだけど、わざわざこれを条件にしたのには、何か意味があってのことなのだろうか。

（いや、変な意味を持たせるような奴《やつ》じゃない）

僕が九路田をチームに入れようと思った理由は、彼が作品至上主義であり、良いものを作るために最大限の努力を惜しまない人間だからだった。

ゆえにきっと、この条件もその前提を守るためのことだろう、そう判断した。

「わかった、じゃあその条件をのむよ」

「ああ、じゃあ成立だ」

それ以上、九路田があれこれ聞いてくることはまったくなく、斎川《さいかわ》の今後の予定などについて細かく詰める以外は、平穏無事に終わった打ち合わせとなった。

（妙なぐらい、すんなり話がまとまったな）

もっと揉《も》めることも覚悟していただけに、拍子抜けした打ち合わせだった。

◇

九路田《くろだ》たちの参加が決まり、そこからちょうど1週間後、全員で揃《そろ》っての打ち合わせを経て、正式に企画を作り込んでいくという手はずになった。

堀井《ほりい》さんへのプレゼンは、今日からちょうど10日後だ。みんなへの提案はさして問題なく通るだろうから、何をおいても、最終的に堀井さんを納得させることを考えて作らなくてはいけない。

「さあ、やるぞ」

自宅のPCの前で伸びをして、キーボードを叩《たた》く。今回は、図版も使えば資料もしっかりと用意する必要のある、労力を要する企画書だった。

なんせ相手は、百戦錬磨の業界人だ。あの様子からすれば、生半可なものを持って来ようものなら、軽く一蹴されて終わりだろう。

だからこそ、いかにこのゲームを売るか、そして実際に作れるかという点については、しっかりと記した。

「ちゃんと1年、働いてきたんだもんな。それを活《い》かさないと」

堀井さんはきっと、それを含めて見てくるはずだ。

社内外のリソースをどのように使うか。そしてそこから、いかに魅力的な部分を出せるか。もちろん、プラチナのみんなが作るものをどう活かすかについても、しっかりと組み込んでいった。

僕たちが3年間でつちかってきたもの、作り上げてきたもの。

シナリオ、音楽、そしてイラスト。

それらをふんだんに使って、その上で魅力的に見せられるもの。

作業は大変だったけれど、とても充実していた。ここに至るまでの道筋を、ひとつひとつ確認しているようで、それはただ懐かしむだけじゃなく、すべての答えを出していく行為にも思えた。

ここまでの集大成。過去からの自分をすべてここに打ち込むのだと考えれば、最近よく見るようになった、あの夢にも納得がいく。

過去を断ち切り、今をこれ以上ないところまで高める。それが、僕に課せられた最大の課題なのかもしれない。

「作り上げるぞ、なんとしても」

現実的にきちんと制作が可能で、かつ企画として成り立つもの。細かな調整の積み重ねで、少しずつ形ができあがっていった。

プロデューサーは孤独だ。だけど、構想を練っているこの瞬間は、すべてが僕の中にあり、自在に配置できると思わせてくれた。

「必ず通すぞ、絶対にだ」

――みんなで最高のゲームを作る。

その最初の部分を僕が作っている。まだ早いと思いつつも、次第に胸は高鳴り、気持ちは盛り上がってきていた。

◇

全体会議の日は、すぐにやってきた。

この日のために予約した、大学の会議室。長机を挟んで、チームきたやまのメンバーが総勢8名、すでに着席していた。

(みんな、揃《そろ》ったな)

貫之《つらゆき》、ナナコ、シノアキ、河瀬川《かわせがわ》、竹那珂《たけなか》さん、火川《ひかわ》、斎川《さいかわ》、そして九路田《くろだ》。

思えば、このメンバーが一堂に会するというのも、不思議な光景だった。まさに大団円に向けての、総力戦という印象が強くなった。

(なんだか、卒業式みたいだ)

みんなが揃って、そして何かをすること。学生時代においては、もうこれで最後になるはずだった。

だから僕の中では、この企画こそが卒業制作だった。

これをもって、大芸大《だいげいだい》での僕の活動は終わりとなる。そして、これを乗り越えた向こうに、迷いに迷った先があると、考えていた。

自然と、企画書を持つ手に力が入った。

大きく息を吸い込み、そして話を始めた。

「では、企画会議を始めます。手元に資料がありますので、それを読みながら話を聞いてください」

みんな一様に、僕の配った資料を開き、最初のページに目を通す。

『ミスティック・クロックワーク　企画書』

ついにこのタイトルを、みんなに見せるときが来た。

大きく息を吸って、そして吐いて。

「企画の説明をします」

大学生活最後の企画を、僕は語り始めた。

ジャンルはＲＰＧ。ハードは陣天堂《じんてんどう》ＴＳ。現在大好評の携帯ハードだ。

なぜ携帯ハードを選んだかについては、制作費を低く抑えられるという点と、社内での開発リソースの割きやすさが決め手になった。

画面解像度などのスペックは他社製品に劣るものの、より広い層へとアピールできる点は非常に魅力的だった。

内容は、ショートストーリーとミニゲームを組み合わせ、そこに通常のRPG的なシステムを軸にして進行させる。

「ストーリーとしては、タイトルにあるように時間をテーマにしたものを考えている。概要はここに書いてあるけれど、実際の構築は貫之《つらゆき》に任せたいんだ」

時間改変と、それによる結果と。この辺りの構成の妙については、貫之がもっとも得意とするところだった。いいものを作ってくれるに違いない。

「音楽についても、前にニコニコでやったように、歌詞や曲調、使用する楽器にも展開にリンクさせたいと思ってる。ここはナナコにぜひやってもらいたい」

以前にも近いことをやったという点で、安心して任せることができそうだ。ハード的な制約はあるけれど、ナナコならものともしないはずだ。

「シノアキと斎川《さいかわ》には、もちろんキャラデザをお願いしたい。サクシードには優秀な3Dのスタッフがいるから、良い変換をしてくれると思う」

閑職に回されそうになっているスタッフの中に、まさにその優秀なスタッフがいるのを僕は見ていた。これまでに何作も、2Dのキャラデザを3Dに起こしている手練《てだ》れの人で、企画が実現すれば、きっと活躍してくれるはずだ。

河瀬川《かわせがわ》や火川《ひかわ》たちにも、それぞれにお願いするパートの説明を行った。演出や進行サポートは彼らに、そして美術は竹那珂《たけなか》さんに、それぞれを割り当てた。

「そしてこれが重要なんだけど、九路田《くろだ》には、OPとEDで流すアニメーション部分、そのプロデュースをお願いしたい」

何よりも彼が得意とする分野だ。

普通なら、このパートをアニメ制作会社に依頼して……となるところを、彼ならば1人で指揮をしてもらえる分、大幅に手間を省くことができる。

（いい落とし所になったんじゃないかな）

働いてきた経験を活《い》かしながら、それぞれの得意分野を割り当てた。作りやすいジャンル、内容、実力を発揮できる環境を配分した結果、このような企画にまとまった。

あとは、みんながどう受け取るかだ。

「以上だけど、どうかな？」

会議室は、水を打ったように静かだった。

思ったより反応が鈍いのかな、と心配していたところ、

「おもしろそうだな。時間をテーマにってのがいいな」

最初に反応したのは、貫之だった。

「前に作ったのはノベルゲームだったが、今回はRPGか。シナリオにも書式とかあるだろうし、まずはその把握から始める感じになりそうだな」

興味深く見てくれた様子で、設定の箇所に何やらメモを書き始めた。

「意味のある曲、いいね。楽しく作れそう」

ナナコも企画書を改めて読み直し、内容にうなずいている。

「あたし、ゲームの曲って合ってるものと合ってないものがあって、今回もただ曲を乗せて～って流れだったら悲しいなって思ってたから、ちゃんと要素としてストーリーに絡んでくるってのがいいな」

その隣で、シノアキと斎川《さいかわ》も楽しそうに話していた。

「いっぱい、絵が描けそうやね～美乃梨《みのり》ちゃん」

「はい、もう！　わたし、プロの現場でアキさんとお仕事できるの、ほんっっとうに夢だったんです！」

斎川の言葉を受けて、竹那珂《たけなか》さんが、

「タケナカにとっても、これは夢ですね！」

立ち上がって、企画について語り始めた。

「あこがれてたみなさんといっしょにゲームを作れるなんて、そんなのまだまだ夢の先にあるって思ってましたから、こうやって1つの企画の中に組み込んでいただけるなんて、もう本当に夢みたいです！」

「おう、よくわからんが、すごそうなのは伝わったぞ！」

火川《ひかわ》はノリで反応したみたいだけど、とにかくこれで良い反応を得られたようだった。

「………」

河瀬川《かわせがわ》はずっとスケジュールを確認しているけど、おそらくは制作に向けて現実的なラインを見てくれているのだと思う。何かあれば、会議の後にでも言ってくれるはずだ。

（反応は上々、と見ていいのかな）

もちろん、ここから細部を詰めていく必要もあるだろうし、企画が通った後は、さらに調整をしていくことになるだろう。

でも、この大枠が決まってしまえば、あとは提案して作るだけだ。かなり大きな１歩を、ここで踏み出したと言っていい。

ホッと息をつきつつ、

「じゃあ、異論がなければ、これで進めるということで――」

最終確認という感じで、みんなを見回した。

僕としては、これは儀礼的なものであり、もはや何の意見も出ないだろうと思っていた。みんな、企画は僕が立ててくるものだと当然のように思っていただろうし、僕自身、それが役割であると考えてチームを組んだのもたしかだった。

だから、ここで、

「――異論がある」

彼の手が挙がり、静かにそう言ったことについて、

「九路田《くろだ》……」

僕は、一気に心がざわめいていた。

「九路田、その、異論って……？」

いささか緊張しながら、彼の言葉を待った。

今回の企画立案について、何かしら意見が出てくるとしたら、河瀬川《かわせがわ》か九路田だとは思っていた。

でも、企画説明をした段階で、２人とも強く意見を述べることもなかったので、大枠については納得してもらえるのではと考えていた。

だから、ここで異論が出てきたことは、かなりの想定外だった。

九路田はゆっくりと企画書を手に取り、口を開く。

「たしかに、しっかりとした企画だ。俺はゲームのことについては門外漢だが、リソースをどう活《い》かすか、どうやって作るか。そういうリアルなところまで踏み込んでいる、実際に制作を体験した、橋場《はしば》にしかできないものだと見ている」

概《おおむ》ね、好反応と言っていいだろう。

自分でも企画を考え、厳しい視点を持っている九路田からこの反応を引き出せて、僕は内心ホッとしていた。

しかし。

その後に続いた言葉で、僕は大きく動揺した。

「だが、俺はこの企画には乗れねえ。このまま進めるのなら、手を引かせてもらう」

周囲の空気が固まった。

最初の好反応は、ここに入る前の布石だったのだろうか。手を引くとまで言うのなら、その根拠、理由があるのだろう。

「どうしてそう、思う？」

九路田《くろだ》のことだから、明確にそこがあっての意見に違いない。

その回答を、聞こうとしたところ、

「橋場《はしば》は、この作品をどのようにとらえている？」

逆に、質問で返された。

「どうって……サクシードで理不尽な配置転換が行われようとしていて、それを解決するためには企画が必要だから、みんなの力を使って制作可能な企画を」

話している途中で、九路田は首を大きく横に振った。

「まず、そこだ。仲間、同僚を助けたいという気持ちは理解できるが、そこにどうして、俺たちを巻き込もうとする？」

一瞬、言葉に詰まった。

たしかに、この話はそこから始まったものだ。窮余の策として、堀井《ほりい》さんや上層部を納得させられる企画を作れれば、打開が可能じゃないかと僕は考えていた。

だけど、それだけで僕はみんなを使おうとしたわけじゃない。大切な仲間を、ただのアイテムとして起用するわけがない。

「巻き込むつもりなんてないよ。企画を立てようとしているところに、僕がこういうものを創りたいと考えた。そこに、みんなの力が必要だと思ったから、スタッフに加えようと考えたまでだ」

「ならば、俺たちは橋場から一方的に使われるってことになるのか？　だとしたら、参加するメリットはどこにある？」

そうじゃない、と言おうとして寸前で言葉を止めた。

たしかに九路田の言うことにも一理あると思ったからだ。僕がいかに思惑を述べたところで、客観的に観《み》れば使う側と使われる側だ。

それならば、メリットをきちんと説明すればいい。

「これはチャンスだと考えているんだ。サクシードは中堅だけれど、注目されているメーカーでもあるし、そこの新作として名前が出れば、みんなのキャリアとしてもさらにプラスになる。だから……」

ゲーム業界、いや、エンタメ業界に関わる人ならあこがれる人の多いメーカーとなったサクシード。そこで仕事ができて名前が載るとなれば、メリットは大きいはずだ。

そう思って言ったのだけど、九路田《くろだ》の表情は厳しいままだった。

「すでにプロとして実績を持ち始め、評価されているやつらをか？」

「えっ……？」

僕は疑問の声を上げた。どんな形であれ、商業作品のキャリアとなれば、プラスになるのは当然のことじゃないか。

なのにどうして、それを。

「俺がわざわざ言うことじゃないが、まあ、言っていくか」

九路田は、貫之《つらゆき》たちの方へ目を向けると、

「まず鹿苑寺《ろくおんじ》のラノベだ。もちろん運もあるし絶対とは言えないが、順調に巻を重ねていけば、充分、アニメにできる作品だろうな」

「えっ、お前、俺のラノベ読んでるのか……？」

驚きの声を上げる貫之に、

「当然だろう。注目作としてピックアップされているし、読まないわけがねえ」

九路田はなおも続ける。

「小暮《こぐれ》の音楽、オリジナル曲であれだけランキング上位にいれば、遅かれ早かれ、何かしらの主題歌の話が来るだろうな。半年、いや、早ければ3ヶ月ぐらいでオファーが来ても

おかしくない」

「えーっ？　まだそんな話とか全然ないんだけど……」

困惑するナナコに、九路田《くろだ》はうなずくと、

「本人への打診はまだ先だろうが、企画書レベルで名前が挙がっているのを、俺は少なくとも3件は把握してる」

その言葉に、ナナコは呆然《ぼうぜん》としながらも、「そうなんだ……」と嬉《うれ》しい様子だった。実際にプロの現場にいる、しかもお世辞や希望的観測を言わない九路田の言葉だけに、何より真実味《しんじつみ》があった。

「志野《しの》と斎川《さいかわ》については今さら言うまでもない。トップランクにいる連中としのぎを削るのも時間の問題だ。実力についてはみんな把握しているだろう」

一通り、この場にいるクリエイターたちの所見を述べる九路田。

間近で見ていた僕と同等、もしかしたらそれ以上に、しっかりと見ている上での意見だった。普段何も言わないだけに、これだけ把握しているということを、改めて思い知らされた形だった。

でも、それなら僕だって把握していることだ。それだけすごい彼らだからこそ、僕はその力を使って作品を作りたいと思ったのだから。

（何が言いたいんだ、九路田は……）

意味もなく、彼がこんなことを言うわけがない。普段、クリエイターのことをめったに褒めないのを知っているから、わざわざ本人のいる前で、高い評価をしたことには何かの理由があるはずだった。

「僕だって、みんながとてつもない力を持っていることはわかってるよ。だからこそ、企画の中でも中心に据えて考えたんだし、これで名前が出るように考えたんだ」

「わかっているなら、どうしてこの企画なんだ？　なぜ制作のしやすさを主眼に置いたものになっている？」

「だからそれは、まずは完成させることが大切で、それをアピールすることで企画を通しやすくするためので、次へのステップにして」

そこまで言ったところで、九路田が言葉を挟んだ。

「橋場《はしば》は、こいつらをそんな小さなものだと思ってるのか？」

「えっ……」

「ステップだと？　そんな段階を踏まなければいけないぐらい、こいつらは未熟で経験が必要だと思っているのか？」

「そんなことは思っていないよ。でもゲームというのは、ハードウェアがある以上、そこに落とし込むための調整が必要で……」

言いながら、僕は考えていた。

みんなのことを、僕は信頼している。それは人格面でも才能でも、そして今の実力においても、だ。どんなに困難な目標であっても、それを達成し、さらに上を狙えるぐらいに、みんならできるはずだ。

同人ゲーム制作、そして動画対決。僕がやってきたことは、戦略の上で枠にはめ、そして成果を出すことだった。実際に成果は出たし、次へと繋《つな》がったと思う。

でも、その結果、起こったことはなんだったのか。

最初の企画では、貫之《つらゆき》が離脱した。シノアキは目標を失い、ナナコは人を頼るようになりかけていた。

次の動画対決では、結果としては勝利したものの、作品自体のクオリティや未来については、九路田《くろだ》には到底敵《かな》わなかったし、その先へ繋げたのも彼の方だった。

(そうか、それを九路田は……)

またしても、僕は枠を小さく作ってしまい、大きく広がる可能性を最初から否定していた。それを「彼らへの信頼がない」と言われるのは、当然のことだった。

「……あっ」

それに気づき、話すのをやめた僕に、九路田は軽くうなずいた。

「どうやら、気づいたらしいな」

僕の顔を見て察したように言うと、

「もったいないんだよ、この企画の中にこいつらを押し込めるのはな」

頭を軽くかくと、いつもと違う、真剣な面持ちで説明を始めた。

「アニメの現場にいるとな、時々とんでもない才能に出会うことがある。で、すぐれたプロデューサーってのは、そういう才能を決して逃さねえんだよ。そして、まずは小手調べになんてことはせずに、いきなり大きな舞台を用意して勝負を賭ける。事務所だのスタジオだののコネやごり押しなんてのもたしかにあるが、最終的にモノを言うのは何をおいても能力だ。その前には、どんな言い訳も勝てやしねえ」

そんな例を見てきているからこそ、展望のない企画には意味がない。九路田ははっきりとそう語った。

「カネの少なさや枠の狭さを知ってるおっさん共が、ちっさいことを考えるのはしかたねえ。でも、俺たちみたいな人間が、最初からあきらめてどうするんだ。最大の結果を得るためにできることを考えるのが、役目じゃないのか？」

そこまで言うと、九路田は僕の企画書をめくりだした。

「携帯機でのゲームは、たしかに今は市場的にも主流なんだろうな。だけど、俺は橋場《はしば》の話を聞いてて、このメンバーで作る意味を感じなかった。絵は鮮明さに欠けて、動かすのも一苦労、音も制限がある上に容量も厳しい。それに加えて、このゲームならではの画期的な何かがあるわけじゃねえ。そんな仕様に、どう期待しろって言うんだ？」

九路田《くろだ》は企画書を閉じると、天井を見上げながら話を続けた。

「この企画には、ブランディングやＩＰ創出といった部分が欠落している。ゲーム制作側の都合にすべてが偏ってるように、俺には見えた。文章を、音楽を、そして絵を、駆け出しだからと言って安売りしかねない企画については……」

彼は、僕の方を見た。

「——俺は反対だ」

何も言い返せなかった。まさにその通りだったからだ。

ブランディング、ＩＰの創出。10年後の世界がどうとかは関係なく、クリエイターを世に出す際には絶対に必要な要素だ。

それを、僕は見落としていた。いや、入れたつもりでいた部分が、結局は自分の、制作側の都合で押し込めるようなものになってしまっていた。

「…………」

九路田の異論に対し、みんなの反応も素直だった。無言ではあったけれど、それは九路田の言葉に賛意を表しているに等しいものだった。

そして、僕にとって決定的だったのは、

「わたし……」

シノアキの、反応だった。

「九路田くんの言うことに賛成かな」

「シノアキ……」

彼女は、いつもと同じく静かにほほえんでいた。

「恭也《きょうや》くんの考えた、キャラクターを考えてそれをゲーム用に作ってもらうっていうのもおもしろそうやけど、今のわたしは、自分の絵をしっかりと表に出したいんよ」

それは、クリエイティブに振り切った視点ではなかった。

僕が彼女の課題だと思っていた、自己プロデュースの視点で、自分のやりたいことを見つめている言葉だった。

「描いた絵をそのまま出せるのも、それを動かすのも、どちらもわたしが今やりたいって思ってることかな。せっかくラノベのイラストを見てもらえるようになったし、しばらくはそのイメージを大切にしたいって思ってるんよ」

淡々と話すシノアキの言葉を、僕は遠いところで聞いているようだった。

あんなに近くにいたはずなのに。それなのに、僕自身が彼女の使い方を、この大切なところでわからなかったなんて。

それが何よりも、ショックだった。

続けて、誰かが話すということはなかった。だけど、みんなシノアキがそう言ったことで、結論は出ているように感じていた。

みんなも、自分の今作っているものを、大切にしたいと思っていた。当然そう思うところを、僕は無理に押し込めようとしていた。

「――九路田《くろだ》」

僕は口を開くと、

「修正するための意見をくれないか。企画を修正して、みんなを真の意味で活《い》かせる企画にしたい」

九路田は黙ったまま、静かにうなずいて、

「ああ、そのつもりだ」

一言だけ、そう言った。

◇

九路田の示した修正の方向性は、的確でシンプルだった。

「俺はゲームについては門外漢だから、ジャンルやシステムのことはわからねえ。だから、そこは橋場《はしば》に任せる。問題にしたいのは、スタッフの能力をフルに活かすためにはどうするか、そして作られたものをどう展開するか、その2点だ」

まず、ゲームハードの部分で要望が入った。

「解像度が低い。ゲームのアイデアで勝負するのならそれでもいいが、絵をしっかり見せて話を作るには、画面の情報量が少ない。それに、ソフト1本に入れられる容量にしてもこれじゃ足りない。もっと必要だ」

ＰＳ3か、もしくはＰＳＰでの展開を考えることになるだろう。それだけの予算を獲得できるかはわからないが、その提案にも納得した。

「アニメーションをストーリーに組み込むというのは賛成だが、使い方がよくねえな」

「使い方？」

「この形だと、ゲームを作るためにアニメを発注するということになるだろう。それだと、予算が膨大になるぞ」

そこでだ、と九路田は言葉を切ると、

「ここで展開の話をする。最初からアニメ化を想定して動き、製作の会社からカネを持ってくる。それが目的だ」

最初からＴＶの話となると非現実的なため、ＯＶＡでの展開を基本線にしてやるのはどうか、と九路田は話した。

「何より、これはサクシードという会社だから意味があるはずだ。これまでメディアミックスとはほぼ無関係だった会社だけに、リンクしたいと考えている製作会社は必ずいるはずだ。そこを捕まえるためにも、社名は前面に出して動くのがいい」

たしかに、サクシードのこれまでの企画では、サブ的な扱いでメディアミックスをすることはあっても、最初からそれありきで進めるようなことは一切なかった。

本邦初、的な仕掛けが上手《うま》く機能すれば、効果は出るだろう。

「他にも、グッズメーカーや出版社とか、先に話をつけられそうなところには企画書を持ち込む。うまくカネが出れば儲《もう》けものだし、協力という形でもPRになる。そうやっていろんなところを引き込んで話を進めれば、サクシードの一存で企画を潰したりもできなくなるだろう」

九路田《くろだ》の話は、キャストや宣伝にも言及していった。

「アニメ化を軸にすればキャストも強いところが引っ張れるだろうから、そこは妥協しない方がいい。宣伝もゲーム雑誌や既存メディアだけじゃなく、ウェブで人気の記事を書いてるところにPRで協力してもらえ。あとは……」

彼の言う展開は、僕にとっては誇大に思うところもあったけれど、なるほどとうなずくところも多かった。

（これは、本来なら僕が出さなければいけなかったことだ）

ＩＰ創出やブランディングといった視点からの思考は、元々僕が優位に立って提案できるものだったはずだ。

だけど、未来を知ってここにいる僕よりも、濃密な経験を経て現場に居続けた九路田の方が、ずっと未来的な思考を持っていた。

そして彼は、以前のような挑発的な言動ではなく、理路整然と僕の企画の欠点を指摘し、その上で建設的な提案も行った。

シノアキと同じく、九路田もまた、大きく成長を遂げていた。

当たり前のことだけれど、僕はそれに気づかず、そして驚かされた。

「なるほどな。こういう企画なら、ラノベの仕事にもいい宣伝になりそうだ」

貫之《つらゆき》が、修正案についてうなずくと、

「こういう内容だったらさ、もっと曲数とか増やせないかな？　ほら、途中で流れるやつ、あれなんだっけ、英子《えいこ》～」

「挿入歌でしょ」

「そう、それ！　そういうのも入れられそうよね～」

ナナコも、めずらしく企画の前段階で意見を出していた。

（……そうか、モチベーションにも繋《つな》がるのか、この考えは）

企画の枠を大きく広げたことで、クリエイターたちの考えも反映しやすくなり、可能性の幅が広がった。

（九路田の狙いはここにもあったのかもな）

彼の話に対し、みんなが応じていく様子を、僕はどこか他人事《ひとごと》のように見つめていた。

紛《まぎ》れもない現実なのに、どこか蚊帳の外というか、違う世界のようだった。

(馬鹿《ばか》、何考えてんだ僕は)

頭を振って、目の前の会話に集中する。

ここで話し合われていることは、僕の出した企画についての議論だ。

誰よりも当事者であるのは僕のはずなのに、それがどうして、遠いところで話しているように思えたんだろう。

これまでは、間違ってもそんなことはなかったはずなのに。

(不思議……だよな)

九路田《くろだ》については多少なりとも意外さはあったけれど、その驚きは、現状の認識を変えるまでではなかったはずだ。

きちんと理解した上で、僕もそれを取り入れるフェーズのはずなのに。

(なぜ、なんだろう)

この疎外感、他人事《ひとごと》のような感覚は、どこからやってきたものなのか、僕にはまったくわからなかった。

その後も意見交換は続き、みんなの指摘したポイントをまとめ、方針も明確になった。

あとはこれをまとめ直して、当日にプレゼンを行うだけだ。

「うん、じゃあ会議はここまでにしよう。今日はみんなありがとう、お疲れさま」

僕はみんなに終了を告げて、席を立った。

みんなもそれに倣って立ち上がる中、河瀬川《かわせがわ》が1人、僕の方を見て、指でサインを送ってきた。

（あとでちょっといい？）

そう受け取った僕は、素直にうなずいた。

◇

会議が終了し、僕は河瀬川に連れ出され、いつもの喫茶店へと入った。

席に着くと早々に、彼女は僕に言った。

「九路田《くろだ》に指摘されたこと、引きずってない？」

単刀直入だった。

「正直、ちょっとね。でも大丈夫だよ」

たしかに、言われてすぐのときは反抗する気持ちもあったし、理論で言い負かされたときは落胆もした。

でも、彼の話を聞いて、自分の視点について考え直せたことは良いことだったし、プラスになったことの方が多かった。

「それならいいけれど、最近の貴方《あなた》を見ていたら、思い詰めかねないなと思って」

最近、彼女からはずっと心配されてばかりだった。僕としてはそこまで思い詰めたつもりはなかったのだけれど、周囲からの見え方としては、どうもそうではなかったみたいだった。

「大学を辞めるとか、そういう風に見えた？」

「そうね、それぐらいのことは考えてもおかしくないって」

河瀬川はそう言ったけれど、僕としてはむしろ逆だった。

色々な勉強を重ねてきたつもりだったけど、最近はまだまだ足りていないことを気づかされることが多かった。

中退して得られる自由は大きいけれど、今の僕には、その大きさが怖さに繋《つな》がりそうだった。だから、少しでもたしかなものが欲しかったし、たとえ役に立たないものであったとしても、卒業したという事実は必要だった。

自分が何者であるか、またしても迷いの中に入ったように思えた。

「九路田、視点がもうすっかりプロのものになっていたわね」

「そうだね、凄味《すごみ》があった」

どういう修羅場をくぐり抜けたら、そして達成を遂げたら、この年齢であの視点を得ることができるのだろう。実質、28歳の視点をもってしても、彼には敵《かな》わなかった。

(それに……)

さっきの九路田《くろだ》を見て、少しばかり思ったこと。

この正体がどうなるかによって、何かがわかるような気がしていた。どこか他人事《ひとごと》のような、自分のことのはずなのに、自分のことではないように思える、ずっと心に引っかかっていた、何かが——。

「とにかく、これで素材は出揃《でそろ》ったんだし、あとは貴方《あなた》がどうまとめて提案するかというところね」

河瀬川《かわせがわ》の言葉に、うん、とうなずく。

ここから先は僕の領分であり、考えなければいけないことだった。

現に九路田も、ゲームの部分についてはわからないから任せる、と言っていたし、彼の意見を取り入れた上で、またその点も考え直さなければいけない。

「その通りだよ、ありがとう」

九路田に反論されたことで、すべてが終わったような気分になっていたのもたしかだった。だけど、実際はまだスタートラインにすら立っていない。

「ずっと助けられてばっかりだ、河瀬川には」

「貴方のマネージャーじゃないんだからね、わたしは」

唇をとがらせながら、彼女はいつものジト目でにらんできた。

河瀬川にはいつか、何かの形でお返しをしなくてはいけない。

いつになるのかはわからないけれど、絶対に忘れないようにしようと固く誓った。

◇

シェアハウスに戻り、部屋に戻ると一気に疲れが押し寄せてきた。

少しだけ仮眠をしようかなと思ったところで、コンコンと、静かにドアをノックする音が聞こえた。

「恭也《きょうや》くん、おる？」

シノアキの声が、追いかけて聞こえた。

「うん、いるよ。何？」

「ちょっとコンビニ行こうかなって。いっしょに行かんね？」

「いいよ、ちょっと待って」

シノアキは、冷蔵庫にものを置かない人種だった。性格上、買いだめができないタイプらしくて、何か食べたいと思ったら、その都度コンビニに出かけていた。

『コンビニをでっかい冷蔵庫やと思っとるんよ』

シノアキから以前に聞いた言葉だけど、案外いい考え方だと思ったものだ。

軽く身支度をし、ドアを開ける。

「忙しくなかった?　大丈夫?」

「ちょうど終わったとこだったから」

いっしょに階段を降り、家の外へ出ると、大きな月明かりが夜道を照らしていた。その中を、シノアキが先に歩いて、僕が後をついていった。

コンビニまでの道は、目をつぶっていてもたどり着くぐらい、何度も何度も通っていた。軽い話をするのにちょうど良い時間なので、僕らはよく、いろんな話をした。

いつもは僕から話を振ることが多いけど、

「今日の会議、お疲れさまやったね」

この日に限っては、シノアキから声をかけてくれた。

気にしてくれているのだろう。

コンビニに誘うのはいつものことだったけど、シノアキが僕に声をかけるタイミングは、だいたい決まっていた。

僕が何か気にしていることがあるとき、決まって彼女は僕に声をかけてくれた。

「ごめん、シノアキが考えてること、僕は全然わかってなくて」

シノアキは僕が考えているよりもずっと、成長を遂げていた。

それに気づけなかったのが、何より悔しかったし、悲しかった。

「あやまらんでええんよ。みんな考えてることがきれいに揃《そろ》うことなんて、そんなにないもんね」

シノアキはそう言ってくれたけど、僕の中の気持ちが和らぐことはなかった。

「恭也《きょうや》くんは、あの企画で作りたかったんやなかと？」

「もちろん、そうだけど。でも……」

無理に通しても、それは意味がなかったから。

「みんなが納得した上で、やりたかったんだ」

僕1人がやりたいと言っているだけでは、独り相撲をとっているにすぎない。

みんなが作りたいと思い、僕も作りたいと思う。

その気持ちが揃ったときに初めて、企画が動くのだと思う。

今日、企画がまとまらなかったのは、それが揃わなかったからだ。

「……そっか」

シノアキは顔をこちらに向けると、

「ずーっと1回生のときからやったけん、楽しみやったんよ」

そう、約束したことだったから。

だけどまだ、それは果たせていない。

今回の企画がその機会になるはずだったけど、どうやら違った形になりそうだし、だからやっぱり持ち越しになりそうだった。

月に雲がかかって、煌々《こうこう》と照らしていた道が暗くなった。この辺りには街灯がなく、こうなると道を覚えているかどうかが頼りとなっていた。

「シノアキ、足下に気をつけてね」

「大丈夫やよ、もう転んだりせんけん」

前はよく突っかかって転んでいたけど、そういえば最近はもう転ばなくなった。

そう、こんな小さな所も、彼女は成長していたんだ。

シノアキは足下を見つめながら、ひょいひょいと歩いて行く。やがてコンビニが近づき、店の明かりで充分明るくなったところで、

「なんで、ものを作ろうって思うとやろね」

「え……？」

急に、そんなことを口にした。

「おなかが空くからごはんを作るし、寒いから服を着たり家を作ったりするけど、ものを作るのって理由がわからんとよ」

1回生のとき。

加納《かのう》先生が、みんなに向けて言った言葉だった。

衣食住。これらには需要がある。だけど、娯楽はすべてが足りてからじゃないと必要と

されない。

あれは需要と供給の話だったけど、シノアキは生み出す側の話をしていた。

「シノアキも、わからないの？」

僕の質問に、彼女は「うーん」と首を傾けると、
まるで、悟りを開いたお坊さんのような穏やかな声で、

「わたしは、絵を描かんとわたしじゃいられんからやよ」

彼女を追って故郷まで行った僕には、とても響く言葉だった。

シノアキは絵を描かなくてもシノアキだよと、他人が、いくら懸命に言っても無駄なのだろう。彼女自身が、そしておそらくは、彼女のお母さんがそう思っている限りは。

「恭也《きょうや》くんは、どうしてものを作ると？」

その問いが来るとわかっていて、僕は答えを用意できなかった。

どうしてなんだろう。

考えたこともなかった。

最初はうらやましいという気持ちからだった。脚光を浴びるプラチナ世代のクリエイターがうらやましかった。僕に希望を与えてくれた彼らに、少しでも近づきたかった。

でも、実際に彼らに近づいてみて、壮絶なまでの悩みや苦しみを知った。

もう、クリエイターはあこがれだけの存在じゃない。

なのになぜ、僕はものを作っているんだろう。

答えはまだ、出てこなかった。

「宿題に……してもいいかな？」

結局。

僕は問題を先送りにし、未来の僕に託すことにした。

「ええよ。じゃあ、おあずけやね」

ずっと話せていなかった約束も、そして今の質問の答えも。

僕はいつ、彼女に答えることができるんだろうか。

◇

シノアキと別れて自分の部屋に戻り、改めてPCの前へと座った。

今日聞いた九路田《くろだ》の意見を取り入れ、企画書を修正していく。

やることは明確だったので、作業自体に迷いはなかった。だけど、僕自身の頭の中では、様々なことが巡っていた。

僕が企画を考え、それをみんなに提出した。そして、九路田がそれに意見をし、僕が取り入れて企画を練り直すことにした。

今日起こっていることは、まとめればそんな感じだ。取り立てて異常なことはないし、決定的に何かが変わるわけでもない。

だけど、僕の中では、明らかに今日で何かが変わったように感じていた。

九路田の意見を聞き、みんなからも意見が出てきたあの瞬間だ。

それは感覚なのか、それとも思考なのか。正体に繋《つな》がるものがわからない以上、どうすることもできないのだけれど、変わったことだけはたしかだった。

だから、ずっとそのことを考えていた。変わったことは何なのだろうと。それによって、僕はどうなるのだろうと。

「わからないな……何も」

椅子を傾けて、天井を眺めた。

この部屋でものを考えるとき、こうやって天を仰ぐことが多かった。大抵の場合は、それで何かを思いつき、次にやることに活《い》かしていた。

だけど、不思議とこの疑問については、僕は何も得ることができなかった。かえって疑問は増すばかりで、解決の糸口はなさそうだった。

「とにかくやる、か」

ひとまずは机に向かい、企画の修正を再開することにした。

ゲーム部分で大きな変化はない。九路田の言う、スペック部分と、メディアへの展開へ向けての部分を修正することぐらいだ。

細かい数字や日程などの作成もあるが、それはコツコツやっていけばいい話で、今考えることではなかった。

ある程度書き進めたところで、いったん企画書のファイルを閉じた。

部屋の窓を開けて、空気を入れ換える。

夏のムッとするぬるい空気が、部屋に流れ込んできた。細かい虫が部屋の明かりに誘われて窓に飛び込み、網戸に妨げられて落ちていく。

そのパチッという細かい音を耳にしながら、僕は再び、さっきの件について考えを巡らせていた。

あらゆることが、妙にフラットになっていた。落ち込んだり、あきらめたりするのとは、明らかに違う感情だった。プレゼンに向けて、企画書をまとめていこうというやる気もあったし、その先のことへの思いもあった。

だけど、そこから先の感情が見当たらなかった。企画を通そうという思いに続くものが、欠落しているような気がしてならなかった。

「……もしかしたら」

どんよりとした、重さのある空気の中、ぼんやりとした光が頭の中に生まれたような気がした。

だけどそれは、先を照らす光明とはほど遠いものだった。

「本当の未来は、ここだったのかも」

貫之《つらゆき》の未来を壊して以来、ずっと修復し続けてきた過去の世界。

それが今になって、ようやく元に戻りつつあるのかもしれない。

となれば、会議のときに感じたことや、前から抱いていた気持ちにも、説明がつくのかもしれない。

つまり、僕は——。

「……今、考えることじゃないか」

僕は窓を閉めて、頭を軽く振ると、再び企画書のファイルを開いた。

「落ち着いて、考え直してみるか」

企画についてのことだったのか、自分に対してのことだったのか。

結局わからないまま、僕は粛々と企画の直しを進めていった。

◇

３日後。プレゼンの当日がやってきた。

元々の予定では、僕が１人で出社してプレゼンをし、その後の結果をみんなに向けて知らせる、というつもりだった。というか、それ以外のことなんて考えてもみなかった。

だけど、実際には、

「なにもみんな揃《そろ》って来なくてもいいのに」

苦笑しながら、みんなの顔を眺める。

サクシードから徒歩で2分ぐらいのところにあるファミレス。そこには今日、プレゼンを行う僕を含めたチームメンバーが全員、揃っていた。

2日ほど前、プレゼンの日についてシェアハウスのみんなに話したところ、せっかくだからみんなで集まろうという話になり、そして今日に至ったというわけだ。

「だって、どういう結果になるか知りたいじゃない、ね？」

ナナコがそう言ってニコニコと笑う。

「試験結果じゃあるまいし、今日すぐに何かわかるわけじゃないよ」

そう答えると、貫之《つらゆき》が苦笑して、

「まあそれはそれとして、恭也《きょうや》のお疲れさま会みたいなもんだよ、これは」

「そうやね、ずっと毎日がんばっとったもんね～」

シノアキがほほえんでくれる。

たしかに、企画をブラッシュアップしていた期間、僕はほとんど寝ずに企画にかかりっきりだった。

今日も、このプレゼンが終わり次第、すぐに布団へ飛び込みたい気持ちでいっぱいだった。この分だと、放してもらえなそうだけど。

「そういや九路田《くろだ》がいないけど、どこに行ったの？」

河瀬川《かわせがわ》が斎川《さいかわ》に問いかける。

「別の企画のことで打ち合わせがあるらしくて、あとで合流するって言ってました！」

……と、いうことらしい。

「パイセン、今日はタケナカは行けませんけど、どうかご武運を……！」

歴女っぽいはげまし方で、竹那珂《たけなか》さんが見送ってくれた。

「うん、じゃあそろそろ、行ってくるね」

携帯の時計を見て、僕は椅子から立ち上がった。

「がんばってね～」

シノアキの声を背に、僕は手を振ってサクシードへと向かった。

◇

今日は土曜日とあって、いつもよりは社員の数も少なかった。

ゲーム会社には土日がないとよく言われるけれど、サクシードはそれでも、比較的休日は取れる方だった。それでも、完全週休ではない辺りが、茉平《まつひら》さんが言うところの普通の会社ではあり得ないことなんだろうけど。

まばらにしか社員のいない机の間を抜け、いつもと違ってまっすぐに会議室を目指す。ノックすると、静かな声で「はい」と応答があった。

「失礼します」

中には、すでに堀井《ほりい》さんの姿があった。

昼間の照りつける太陽が暑く、外を歩くと汗が流れ出るほどだったけれど、室内は空調のおかげで少し寒いぐらいだった。

20人ぐらいは軽く入れる場所に、今日は堀井さんと2人きりだ。

いつもいっしょにいる竹那珂《たけなか》さんの姿も、他のスタッフもいない。その緊張感もあって、僕は暑さよりも、冷たさを感じていた。

「スライド、特に使わないよね？」

堀井さんの質問に「はい」と短く答える。今日は、印刷した企画書のみですべて説明できるので、不要だった。

大勢に対してのプレゼンは、これまでに何度か経験済みだった。しかし、こういう形で1人を相手にするのは、初めてのことだった。

加納《かのう》先生を相手に、制作する作品の話をしたことはある。でも、これから行うことは、それとはまったくわけが違った。

カバンから書類の束を2つ取り出し、1つを堀井さんの前に、そしてもう1つを僕の前へと置く。

軽くページを確認し、深呼吸をして、

「よろしくお願いします」

言って、頭を下げた。

「始めてください」

堀井さんの冷静な声が、ひんやりとした空間に響く。

僕は最初のページをめくると、静かにプレゼンを開始した。

「まず今回の企画は、これまでのサクシードの流れとは異なった、新しい流れを作ろうというコンセプトから始めました。そのために……」

企画書の冒頭、僕はそのような一文を入れた。

当初の企画では入れていなかったのだけど、九路田《くろだ》が口にしていたその言葉を、あえて入れようと思ったからだ。

堀井さんは、よほどのことがなければここからの逆転は難しいと語っていた。つまり、正攻法で崩すのは難しい。ならば、企画の意図をしっかりと書いた方が、より伝わりやすくなると思ったのだ。

ゲームの企画そのものは、僕が元々考えていたものから大きくは動かさなかった。しかし、企画書の後半は大きく付け足した。九路田《くろだ》からの指摘があった展開の部分、特にメディアミックスや作品世界の広げ方については、ページを大きく割くことにした。

「……以上です」

全16ページ。30分にも満たないぐらいの時間だったけれど、話している最中は、どれぐらい経《た》っているのかわからないぐらい、一心に話し続けた。

堀井《ほりい》さんは静かに企画書を置いて、フーッと大きく息をついた。

そして、

「橋場《はしば》くん」

「はい」

「まず、これは言っておくよ。お疲れさま。がんばったね」

しばらく見ていなかった、柔らかい笑みを浮かべて、堀井さんは労《ねぎら》ってくれた。

「企画書、しっかりとできあがっているね。数字も理想を書かずにしっかりと下調べしているのがわかるし、ニーズに沿った上で、次はこう、というのがちゃんと示してある」

好感触、といっていい反応だと思った。

「サクシードで勉強したことが、しっかりと活《い》かされているね」

「は、はい」

バイトとして入って以来、数々の企画書を目にしてきた。

時にはその内容について質問をしながら、自分で作るならこうする、ということを考え続けてきた。企画コンペで敗れた際も、欠点をどう補えばいいのかを確認したりしたけれど、それらが報われた形となった。

「それでね」

堀井さんはそこで言葉を切ると、

「この企画のゲーム部分だけど、残念ながら評価できない」

笑顔を消して、淡々とそう言い渡した。

「っ……はい」

一瞬、呆然《ぼうぜん》となった僕は、すぐにギュッと唇を噛《か》みしめ、返事をした。

まさに急変だった。最初の好感触は、この結果ありきだったのだろうか。まるで演出かなにかのように、『その部分』だけを突きつけられた。

堀井さんはなおも続けて、

「社長は、まず今回の人事異動に関して、万が一のことでも起きない限りは、動かすつもりはないだろう。それを突き動かすには、今のサクシードにはない、そしてこれから必要なものが生まれる必要がある。だけど、このゲーム部分については、それがなかった」

制作のしやすさ、可能な範囲から、なるべく目新しいものを作ろうと考えた。だけど、それは僕の中だけで留《とど》まるものでしかなく、堀井《ほりい》さんには届かなかった。

「君の企画は、企画書の書式としては何の問題もない。それどころか、工程表にしても人員配置にしても、ケチのつけようのないレベルに達している。これが学校だとしたら満点だし、この企画が普通に動く会社だってあるだろうね。ただ……」

堀井さんの表情が、少し険しくなった。

「このゲームは優等生すぎる。当たり前のものを、当たり前に作ろうとしている。それでは、この非常事態を動かすにはエネルギーが足らない。その点について、君には留意して欲しかったんだ」

まさに、事前に指摘があった点だった。

わかっていたはずなのに、どうしてできなかったんだ？

問いかけられているように、僕には聞こえていた。

「企画書の冒頭で、君はこれまでの流れを覆したいという狙いを入れてくれた。だから期待したんだけど……ゲーム部分については、それが活《い》かされていなかったね」

そこで堀井さんは、いったん言葉を切ると、

「――だけど」

今度は、表情を和らげて、

「この企画書の後半部分、これはいいね。たしかにこの内容は、これまでのサクシードに

はなかった点だと言える」

後半部分。

これはいいね。

堀井さんの言葉が、連続して脳内にこだました。

こちらもまた、狙い澄ましたような形だった。針でその箇所を勢いよく突き刺すような、局所的に鋭い痛みだった。

「アニメ化を前提にした企画なんて、ただ言うだけならば中学生でも言える。だから、ただそう書いてあるだけなら特に何も思わないけど」

堀井さんは、そう前置きした上で、

「だけどこの企画書には、製作会社の目処《めど》やアニメスタジオの手配についてまで書かれている。これは、君がリサーチしてきたものなの？」

「はい、その……友人が、サポートをしてくれて」

会議のあった翌日、九路田《くろだ》からは具体的な製作会社の名前や、スタジオの名前、そしてその空き状況や、誰に交渉をすればいいかといったところまで、細密に記されたテキストが送られてきた。

僕はその内容を、書き写しただけだった。

堀井さんはにっこりとうなずいて、

「さすがだね。そういうところは、君の強みだと思うよ」

「ありがとうございます」

「グッズ展開やコミカライズ、そしてネットメディア。まさにこれは、君がニコニコ動画で仕掛けた、新しい試みそのままだよ」

堀井《ほりい》さんはそう言って褒めてくれたけれど、もちろんそれは、九路田《くろだ》が補足として書き記した箇所だった。

その後も堀井さんは、企画の後半部分についての言及を続けた。

この考えでいくならば、ゲーム内容はRPGではなくADVがいい、プラットフォームもPS3とPSPの両方で、など具体的な話も出てきた。

大本の内容とは異なった形にはなってきたものの、たしかにこれで、魅力的だと思える企画になりつつあるのは、僕にも理解できた。

「よし、こんなところかな。この企画については、僕の方で預からせてもらうよ。開発チームで検討をした後、ゲーム部分の改変を行って、上申するつもりだ。それでいいね？」

もちろんです、と答えて、

「あの、それで……どうでしょうか、感触としては」

クビにされたり、配置転換を余儀なくされているスタッフのため、そして、辞めさせられようとしている竹那珂《たけなか》さんのため。

この企画の提案で、そこに少しでも道筋ができたのだろうか。

「もちろん、何度も言うようだけど、上手《うま》くいかないことが当たり前だし、出してみないことにはわからない、ギャンブル性の高いものではあるけれど……」

堀井さんはそう言ったあとで、

「でも、君の言った『可能性』は充分に残ったと思うよ。本当にお疲れさま」

笑って、労《ねぎら》ってくれた。

僕はただ、堀井さんの言葉に、無言で頭を下げるだけだった。

◇

会議室を出て、会社を出て。気がつけば僕は、炎天下の中にいた。

全身から汗が噴き出すほどの暑さだった。昼間になって太陽が真上に位置し、ジリジリと身体《からだ》を焼いていていた。

普段なら、不快に思ってすぐに冷房のある場所へ急ぐところだ。

だけど今日に限っては、この暑さもなんとも思わなかった。感覚を家に置き忘れてきたような、不思議な状態が延々と続いていた。

「わかりやすかったな、ほんとに」

プレゼンの結果は、皮肉にも真っ二つに分かれた評価だった。

前半部分、つまり僕の考えていたゲーム部分の企画は完全に却下。

後半部分、九路田《くろだ》の付け加えた展開などの部分は「これはいいね」との評価。

当然、堀井《ほりい》さんにはどの箇所を誰が書いたかなんて言っていない。だから彼からすれば、どうして前半と後半で差が付いたのか、腑《ふ》に落ちない結果だったかもしれなかった。

ともあれ、これで企画は第一段階を突破した。僕が発案し、九路田がそれに反論し、みんなの意見や感触を統合して、まとめた企画だ。元々、無理なところから押し込んだ企画ということを考えれば、今のところは大成功と言えるだろう。

だけど、僕の心の中には、喜びよりも先に、湧き上がってくる感情があった。

ずっと考えていた。

以前からモヤモヤしていたものが、次第に姿を見せ、そしてあの九路田と話し合った会議の席上で、明らかに形となったものについて。

僕は最初、その正体を嫉妬だと思っていた。

キラキラ輝くクリエイターに対して。

そんな彼らを動かせる、優秀なプロデューサーに対して。

独自に自分たちの道を歩もうとしている友人たちに対して。

僕は嫉妬と、そして届かない現実を感じていて、それが表に出てきたのだと。

でも、今日のことでわかった。

「嫉妬なんかじゃ、なかった」

声に出してつぶやいた。

セミの声と、通り抜けていく車の音で、その声はかき消される。

「やりきったんだ、僕は」

手を抜いたなんてことは、一切なかった。

懸命に、やれることをずっとやってきた。すべてのタイミングにおいて声を上げてきた。

だから納得した。理解していた。

常人の域でやれることを、僕はやりきった。その上で、みんなの様子を見て、そのことに気づいた。

「――もう、僕がいなくても大丈夫なんだな」

10年後の世界からやってきて、行き過ぎたり間違えたりしながらも、これまではみんなのためと思ってやってきた。

そこから、自分のことも考えるようになった。みんなといっしょに、自分も成長して、横に並んでいけると思っていた。でも、そうじゃなかった。ラインを踏み越えたことで起きた違う流れを、ひたすら直す作業をしていたんだ。

大学４年生の今日、そのすべてのタスクが終了した。それと同時に、彼らの行く先が少しずつ照らされるようになった。

これは断じて、バッドエンドなんかじゃない。だって彼らは、みんな幸せそうにしているじゃないか。

「よかったんだ、これで」

少なくとも、僕の心は満たされていた。

元より遠い世界だった芸大に入り、ずっと必死に走り続けた。自分が入ったことでみんなの未来を閉ざしてしまうところだったけど、それもなんとか回避できた。

チートとは無縁の、泥臭くて、失敗ばかりで、だけどものすごく刺激的で楽しい学生生活だった。

芸大に入ってよかった。本当に、心からそう思える4年間だった。

企画が通るにしろ、撥《は》ね付《つ》けられるにしろ、僕が今後どうするかについては、もう決まっていた。

魔法が解けた人間は、現実に帰らなきゃいけない。

これから、それを果たさなければいけない。

感覚のないまま、僕の足は歩き続けた。

みんなの待っている場所へと。

そこにはもう、誰もいないとわかっているはずなのに。

◇

ファミレスの入口のドアを開けて、奥の方にいるみんなの元へと近づいた。

みんなが笑顔で、席を立って近づいてきた。

僕は、いつもそうしていたように、少しばかりはにかんだ笑顔でそこへ向かう。

そして、

「企画、おもしろいって。少し手直しをするけれど、上にかけあってみるって言ってもらえたよ。九路田《くろだ》や、みんなのおかげだ。本当にありがとう」

そう告げると、みんなから一斉に歓声が上がった。

「恭也《きようや》、お疲れ！　やったな！　難しいプレゼンだっただろ？　さすがだよお前は！」

貫之《つらゆき》が肩を叩《たた》いて祝福してくれた。

「で、いつ？　いつから作り始めるの？」

ナナコはもうすでに、この先のことを言い出した。

「ははっ、ナナコは気が早すぎるな！　例の社長をへこましてからだぞ！」

火川《ひかわ》が豪快な笑い声を上げる。

「どんな絵にしようかねえ、美乃梨《みのり》ちゃん」

シノアキがほんわかした笑顔で斎川《さいかわ》に語りかけ、

「は、はいっ、わたしはもう、アキさんがやりたいことでしたら、なんでも！」

斎川は満面の笑みで、シノアキに答える。

「斎川、おまえちゃんと自分の作風考えろよ。いつまでも志野《しの》にベッタリじゃなくてな」

九路田《くろだ》はしかめっ面で、後輩をたしなめ、

「まあまあ、最初の関門を抜けるのがめっちゃ難しかったですし、今はこんなノリでいいじゃないですか！」

混ぜこぜになった空気を一気に和ませるように、竹那珂《たけなか》さんは陽気な声で締めた。

そして、
にぎやかに会話をする輪の中から、そっと歩み寄って、

「──お疲れさま」

河瀬川《かわせがわ》が、そうねぎらってくれた。

少し苦笑するような、ホッと一息ついたあとの表情で。

ずっと見続けてきた顔だ。どれだけ、彼女のこの表情に救われ、そして先へ進むことができたんだろう。

「だけど、これからが大変ね。企画がどうなるにせよ、貴方《あなた》のやることはたくさんあるわけだし。だから……」

いつも通りの彼女の言葉を制するように、僕は、

「河瀬川」

「え、何よ?」

この返しもいつも通りだ。

なぜかすごく懐かしい、そして遠くで聞いたような感覚を味わいながら、

「ありがとう」

そう、一言だけお礼の言葉を告げた。

「……貴方、やっぱりまだ疲れてるみたいね。ちゃんと休んで、それからにしなさい、話をするのは」

眉根にシワを寄せて、いつもの彼女の返しだった。

僕はそれを見て、笑う。

ひさしぶりに、心から笑えたような気がした。

（やっと、わかったからかな）

自分が何をしてきて、今どこにいるのか。今回のことはきっかけにすぎなくて、そこに至るまでにどういう道を歩いてきたのか、それをたどるのに時間がかかってしまった。

でも、こうして話をして、自分でも改めて考えてみて、それでやっと、わかることができたんだ。

だから、河瀬川《かわせがわ》にも区切りの意味でお礼を言った。

みんな、嬉《うれ》しそうだった。

みんな、いつも通りだった。

その後も話していた記憶はあるけれど、何を話したかはわからなかった。

落ち込んでいるわけでも、すべてが嫌になったわけでもないのに。

僕はこの喜びの輪から、永遠に近づけない、遠くへいる感覚に満たされていた。

目の前には友達がいる。みんな、いろんなことを語り合った仲間たちだ。

だけど、そこで話している彼らは、どこかフィルターがかかったように、現実感が失われていた。演劇やドラマを観《み》ているように、視界に枠ができて、絵も音も、まるで箱の中から出ているようだった。

スケッチブックに描かれたイラストのように、みんなの姿がにじんでいく中で、僕1人が、ずっと鮮明なままだった。

クリエイターたちが次々と成長し、僕の元から去っていったとき。

あのときに、もう気づいていなくちゃいけなかった。

すべての人がクリエイターだという幻想から、目覚めなきゃいけなかった。

ずっと立ち止まっていた場所が最後の分岐点だと、気づかなきゃいけなかった。

ここまでして、すべてをやりきって。そうでもしなければ、気づけなかった。
気づいたら、ウソみたいに真っ白な世界が広がっていた。
すべてが、良い方向へと進み始めている。
みんなが揃《そろ》って達成し、卒業を迎えようとしているときに、
そこに僕だけがいない。
つまりこれが、

これが、ぼくたちのトゥルーエンドだったんだ。

「ん……っ」

朝の光が目に飛び込んでくる。背中がめちゃくちゃ痛い。いつものように、椅子の上で寝たからだろうか。

窓の外からは、クラクションと人が行き交う音が響いてくる。東京《とうきょう》はやっぱり人が多い。山手線《やまのて》の外側にあるこの街でもこれだけにぎやかなのだから、都心はもっとすごいのだろう。想像するだけでうんざりする思いだった。

ブラインドを開けて、街の様子を見る。中学生、高校生、そして大学生らしき一団が目に入った。みんな友達同士でふざけあいながら、楽しげに歩いている。そこにうっすらと自分の姿を重ねながらも、もうそんな年齢じゃないことを身体《からだ》の疲れが教えてくれた。

「ふわ～ぁ……起きなきゃ、な」

どうにも年のせいか、会社で寝て起きるのがつらくなってきた。腰を左右にひねって腕を伸ばし、体操もどきのことをする。

ゴキッ、ゴキッと嫌な音がする。ずっと通っている整骨院の先生からは、毎日のストレッチと運動を延々と口うるさく義務づけられている。だけど、そうそう予定通りにいかないのがこの世の中、いや会社勤めというやつで、結局はバキバキの身体《からだ》を抱えて診察台に横たわることになってしまう。

「やばいな、ちゃんと身体動かそ、本気で」

言うだけはいつも言うが、なかなか実践はできなかった。

いつから、身体からこんな音がするようになったんだろう。

昔なら、たとえ運動をしていなくても、俊敏に、そして長時間にわたって動くことができたはずなのに。

今じゃもう、ちょっと動いたら息が切れ、階段でへばり、徹夜も段々としんどくなってきてしまった。取引先の40代の人から、私より酷《ひど》いですよとあきれられるぐらいには、無理のきかない身体になってしまったようだ。

マイナス思考を振り払うように、目を見開いて部屋を見渡す。

目の前の光景は、昨日の夜の記憶のままだった。

早川《はやかわ》がストロング・ギロを5本ほど買ってきて、ニヤァ〜と笑ったのは覚えている。僕が本棚に保管してたスルメを持って来て、2人して爆笑したのも覚えている。

あとはまあ……この散らかり放題の室内が、何があったかを物語っていた。

身体はしっかり老化をたどっているくせに、やっていることはと言えば、大学生そのままの蛮行だ。

「これは怒られるぞ……」

思った瞬間、ドアが乱暴に開け放たれた。

「おはようござ……うわ！　ちょっと酒くさ!!」

部屋に入った瞬間は笑顔だったのに、1秒でしかめっ面になった女子が、鼻を押さえながら僕をにらみつけた。

「あ、お、おはよ」

精一杯の作り笑顔をして、あいさつをしたところ、

「社長!!　貴方《あなた》、何億回言ったらわかるんですか！」

まるで子供の尻を叩《たた》くような、ビシッと音の聞こえそうな叱られ方をした。

「ご、ごめんっておトミさん、これには深いわけが」

「ないでしょ！　どうせ決算書類作っててめんどくさくなって、あー!!ってなったところで、専務と飲んじゃおっか、ってなったんでしょ！」

「え、監視カメラとかつけてた……？」

なんですべてバレているのか、背筋が寒くなった。

「机見りゃわかりますよ！　開きっぱなしのノーパソに表計算ソフト、ファイルケースの束、そして社長が本棚に隠してあったスルメとストギロ、こんだけ状況証拠が揃《そろ》っててわかんない方がおかしいですよ！」

「すごいね、探偵になれるんじゃないの、その観察力」

「何か言いましたか?」

「……ごめんなさい、おトミさんの言う通りです……」

「もー、あとそれ! おトミさんってアクセント付けて呼ぶのやめてくれません? 昭和歌謡じゃあるまいし、わたしには峰山音美《みねやまおとみ》って名前がちゃんとあるんですからね!」

いいと思うんだけどなあ、おトミさん。でもまあ、本人が嫌がってるならパワハラになっちゃうもんな……。

別の呼び方を考えなきゃな、と思った次の瞬間。

「おっはよ~。あ、おトミさん早いね、お疲れ」

部屋のドアが再び開いて、早川《はやかわ》がひょこっと顔を出した。

こっちもこっちで、頭はボサボサ、目の下にはクマを作って、顔だけさわやか笑顔なのが、アンバランスで気持ち悪かった。

「お疲れじゃないですよ専務! 昨日社長といっしょにバカみたいに飲んだでしょ!」

早川は、ゲッという顔で僕の方を見る。僕は身振り手振りで「全部バレてるから素直に謝れ」とブロックサインを出した。

早川もアイコンタクトで「了解」と合図を僕に送ると、

「申し訳ございませんでした、つい深夜仕事でお酒が欲しくなって、それで社長共々過ちを犯してしまいました。この通りです」

揃《そろ》って謝罪すると、おトミさんはやっと落ち着いたのか、深いため息をついて、

「社長も専務も、そろそろちゃんと身体《からだ》をいたわってくださいね。冗談めかして言ってますけど、お2人がいなくなったらこの会社、ほんと終わっちゃいますから……」

あ、これは本気で心配させてるやつだ。

「ほんとごめんなさい、もうしません、ちゃんとします」

僕らはそう感じ取り、ただただ、深く頭を下げて謝り続けた。

「もう謝らなくていいですから、ここ片付けてファヴリーズして、昼の打ち合わせまでにちゃんとしてくださいね！　あと社長はおうち帰ってシャワー浴びてください！」

掃除用具セットとファヴリーズを、僕と早川にそれぞれ持たせて、おトミさんはオフィスへと去っていった。

早川は、その颯爽《さっそう》とした姿を見送りながら、

「有能だよなあ、彼女。ほんと、うちなんかに来ちゃってもったいない」

「でもお前、それ彼女の前で言っちゃダメだぞ。おトミさん、わたしのこといらないんですかって本気で悲しんじゃうから」

そりゃあかんと言いつつ、早川はファヴリーズを部屋にバシャバシャと噴射していく。

僕は椅子をベッド仕様から元に戻し、飲み会後の机をきちんとした会議室へ復活させて

いった。

ノートパソコンには、過去数年の売上が表示されている。

ずっと赤字を示す白三角が並んでいたのが、やっと去年、黒三角になった。

「いや、でもなんとか黒字出てよかったな。去年アウトだったらもう会社解散の話をしてたとこだったよ。さすがは社長だ」

「早川《はやかわ》がしっかり営業で回ってくれたおかげだよ。僕は何もしてない」

そう、僕はいつだって何もしてない。がんばっているのは、いつも僕の周りだ。

「そうだ」

突然、早川はそう言って手を叩《たた》くと、

「橋場《はしば》、こないだ来てたハガキの件、どうする？　試写会だろ？」

「こないだって……あれか。僕はいいよ、早川行ってきて」

「え、いいのか！　俺あのラノベ昔めっちゃ読んでたんだよ、初の映画化だもんな、すげー楽しみだよ！」

「そうだな、すげーよ、ほんと」

遠い世界のようにつぶやき、ノートパソコンをつかむと、

「じゃ、先に向こう戻ってるぞ」

言って、立ち去ろうとした。

「なあ、橋場」

早川の声が追いかけてくる。

「もういいんじゃないのか、そろそろ」

優しい表情をしていた。

だけど、僕は、

「いや、いいんだ」

彼の言葉から逃げるようにして、オフィスへと戻った。

「ふう……」

オフィスでは、すでに30人近い社員が業務を行っていた。僕が姿を見せたのを知って、その内の何人かが会釈をしてくる。

みんな、僕らのことをベンチャーの成功例だと言うけれど、実際はそんなことはない。自分の貯金を切り崩して会社に入れる覚悟がなければ、社長なんて到底できない。

（みんな、良い奴《やつ》ばかりだしなあ）

オフィスフロアにいるみんなを眺める。危なっかしい会社にもかかわらず、こうしてついてきてくれる彼らを、裏切るわけにはいかない。

そう、もう二度と。

「あ、社長」

おトミさん……いや、峰山《みねやま》さんが駆け寄ってきて、

「さっき、ず――――っと電話鳴ってましたよ、何回も何回も」

「え？　そんなに？　心当たりないけど……」

取引先には携帯の番号を教えていないし、プライベートでも、そんな執拗《しつよう》にかけてくる人間には心当たりがない。

「まさか、夜のお店とか入り浸ってないでしょうね」

「僕がその辺にまったく興味ないの、おトミさんよくわかってるでしょ？」

言い返すと、「ま、そうですよね」とあっさり認めつつ、

「ほんと、社長って無趣味ですよね、スポーツもグルメも興味ないし、映画もマンガもアニメも観《み》ないしゲームもしないし、休みのときって何してるんですか？」

「仕事」

「はあ、でしょうね。とにかく、通知鳴ってうるさかったんで、早く電話出ておいてくださいね！」

いつもどおりのあきれた口調で言うと、峰山さんは席へと戻っていってしまった。

苦笑を浮かべつつ、僕は電話の通知欄を見た。

そして、

「………えっ」

思わず、電話を取り落としてしまった。

信じられないものを見た思いだ。

「どうして……どうして、今になって？」

意味がわからなかった。

もうずっと、ずっとなんて言葉も言えないぐらいはるか昔に、連絡は取らなくなったはずなのに。

だけど消せずに、思い出としてそこに残していただけなのに。

それなのに、どうして。

「ウソ、だろ……」

いくら疑ってみたところで、表示されている名前は変わらないままだった。

そして。

「かかって……きた」

再び、呼び出し音が高らかに鳴り響いた。

スマートフォンには、ずっと見慣れていた、だけどずっと忘れていた名前が、煌々《こうこう》と表示されていた。

「河瀬川《かわせがわ》――」

次巻より、
最終章
スタート

恭也が作り直した先に
あったものは……

ぼくたちのリメイク 11巻

2022年夏
発売予定!!

あとがき

つい最近、ひさしぶりに古い友人と会いました。

彼は僕と同い年で、大学時代に同じ学科で勉強した仲でした。かつては映像制作の会社にいたこともあるのですが、今は家業を継いで、地元で結婚した奥さんとの間にお子さんもいます。

そんな彼は、僕のしている仕事について、いつもすごいと言って褒めてくれます。クリエイティブの仕事の大変さを理解している彼だからこそ、その言葉はとても励みになりますし、数字とは別の部分で達成感も生まれます。

でも、僕はいつも彼にはコンプレックスを感じていました。結婚し、子供もできて、奥さんや子供さんをとても大切にしつつ、家業ではしっかりと実績を残し、中小企業にとっては厳しいこの時代において、きちんと従業員の雇用も守っている彼は、僕から見れば信じられないぐらいの偉業を成し遂げたように思えます。

よく、クリエイターは正解のない仕事をしていて、0から1を生み出すから大変なんだという言説を耳にします。それはたしかにそうなのですが、だからと言ってことさら特別というわけでもありません。いわゆる普通の仕事と言われる業種にしても、創造的なアイデアや作業を必要とされる点はたくさんありますし、仕事のみならず、家事や育児、ご近所との人間関係においても、右から左へ流せばそれでいい、なんてことは1つとしてありません。

だから、彼と僕のしている仕事において、大変さは別段変わらないはずであり、その上に家庭を築き次世代の道をひらいている姿を見ると、まだまだ僕などは怠け者だなあ……と思ってしまうのです。

すべての頑張っている人に向けて、僕はこれからも、クリエイティブの仕事を頑張ります。特別ではなく、普通のこととして。

◇

ぼくたちのリメイクは、ついに10巻目を迎えました。スピンオフのβシリーズも合わせると、13巻目です。本当に、本当に長くなりました。

いつ終わるのかわからないと言っていた本作でしたが、ついに最終章を迎えることになりました。あと少しで、この作品は終わります。

どう終わらせるかについては、もう決めています。かなり前の、5巻ぐらいを書いていたあたりで考え出した終わり方です。僕個人としては、とても納得しています。今巻の終わりで驚かれた方も、そうでない方も、ぜひ最後まで見とどけてくださいませ。ここまで話を考えてきた僕を、どうか信じて頂ければ嬉《うれ》しいです。

謝辞です。素敵なイラストで作品を彩ってくださったえれっとさま。もうラストスパートですね。共にがんばりましょう。担当Tさま、今回も難産につぐ難産でご心配をおかけしました。あともう少し、何卒《なにとぞ》よろしくお願いいたします。

そして、ここまでお付き合いくださっている、世界一ありがたくて、世界一あきらめの悪い（失礼！）読者のみなさま。

木緒《きお》なちという作家は、ときに酷《ひど》いことを平気でしますが、ラスト近くのおもしろさについては定評があり、自分でもそう思っています。ここからさらに怒濤《どとう》の展開です。どうぞ最後までお見逃しなく。

次の11巻は、気温が高くなり、薄着で外に出たくなる頃に出るかと思います。それまでどうか、お元気で。

木緒なち　拝

✿あとがき✿

このたびは、
『ぼくたちのリメイク ～エンドロール～』を
手に取っていただきありがとうございます！

恭也の
今後や
如何に!?

こ…これは何という展開!! もちろん、
まだ物語は続くんじゃよ!! お楽しみに♪

2022.2
えれっと

「ファンレター、作品のご感想をお待ちしています」

あて先

〒102-0071　東京都千代田区富士見2-13-12
株式会社KADOKAWA　MF文庫J編集部気付
「木緒なち先生」係　「えれっと先生」係

MF文庫J

ぼくたちのリメイク10
エンドロール

2022年2月25日　初版発行

著者　木緒なち

発行者　青柳昌行

発行　株式会社KADOKAWA
〒102-8177 東京都千代田区富士見2-13-3
0570-002-301（ナビダイヤル）

印刷　株式会社広済堂ネクスト

製本　株式会社広済堂ネクスト

Printed in Japan　ISBN 978-4-04-680997-1 C0193

◇◇◇